PAULA TOYNETI BENALIA

O Dia em que Te Beijei

1ª Edição

2022

Direção Editorial: **Revisão Final:**
Anastacia Cabo Equipe The Gift Box
Revisão: **Arte de Capa:**
Patrícia Oliveira Gisely Fernandes
Diagramação e revisão: Carol Dias

Copyright © Paula Toyneti Benalia, 2022
Copyright © The Gift Box, 2022

Todos os direitos reservados.
Nenhuma parte do conteúdo desse livro poderá ser reproduzida em qualquer meio ou forma – impresso, digital, áudio ou visual – sem a expressa autorização da editora sob penas criminais e ações civis.

Esta é uma obra de ficção. Nomes, personagens, lugares e acontecimentos descritos são produtos da imaginação da autora. Qualquer semelhança com nomes, datas ou acontecimentos reais é mera coincidência.

Este livro segue as regras da Nova Ortografia da Língua Portuguesa.

CIP-BRASIL. CATALOGAÇÃO NA PUBLICAÇÃO
SINDICATO NACIONAL DOS EDITORES DE LIVROS, RJ
Meri Gleice Rodrigues de Souza - Bibliotecária - CRB-7/6439

B393d

Benalia, Paula Toyneti
   O dia em que te beijei / Paula Toyneti Benalia. - 1. ed. - Rio de Janeiro : The Gift Box, 2022.
   204 p.
   ISBN 978-65-5636-172-7

1. Romance brasileiro. I. Título.

22-77660   CDD: 869.3
              CDU: 82-31(81)

"É o amor, e não o tempo que cura todas as feridas."
Martha Medeiros

*Este livro é inteiramente dedicado a Ana Liz.
Filha, você mudou a minha vida de tal forma que
nasci de novo e me transformo todos os dias em alguém
melhor. Eu te amo muito além da compreensão. O
Universo fica pequeno; na verdade, fica minúsculo
perto do meu amor por você.*

Prólogo

Guildford, 1799

A rua estava vazia àquela hora. A madrugada em Guildford costumava ser um deserto. A pequena cidade dormia cedo. Andando sozinha pelas ruas repletas de casarões charmosos, eu não sentia medo.

Nunca se ouvia falar de crimes por ali. As pessoas se respeitavam e a pequena população se sentia como uma família, tendo o direito de bisbilhotar sua vida e saber de tudo que acontecia em tempo recorde.

De família de camponeses, eu vivia longe daqueles olhos curiosos e das línguas acusadoras. Era como morar em outro reino. Meu pai sempre ensinou que a terra era nossa verdadeira amiga e nós três — sim, porque minha mãe cuidava de tudo e minha irmã, um ano mais nova, adorava nossa pequena propriedade — aprendíamos tudo que ele ensinava.

Mas algo crescia dentro de mim. Um sonho. Eu amava os vestidos usados pelas ladies que vinham de Londres passar dias em suas casas de campo e desfilavam pela bucólica cidade. Até os membros da corte viviam por lá.

Levantava ainda na madrugada, cuidava de todos os serviços da casa, ajudava meu pai com as terras e criações, corria até a pequena cidade e me escondia em becos para vislumbrar as roupas. Não desejava tê-las, queria fazê-las. Foi assim que minha mãe, com o pouco que sabia sobre costurar remendando nossas roupas velhas, me ensinou.

Com meus próprios vestidos, fiz a criação da minha primeira peça. Um vestido de baile, com vários recortes nos lugares estratégicos para aproveitar os tecidos. A roupa ficou linda. Não como os vestidos das ladies que eu vislumbrava, mas o ideal para poder me disfarçar e entrar sem ser convidada no baile mais guardado da vila.

Ele era conhecido como duque de Guildford. Esse não era o seu título verdadeiro, *mas ele carregava o nome da cidade, porque mandava ali. De todas as ruas estreitas, era possível enxergar seu castelo erguendo-se sobre a montanha no final. Ele empregava os pobres na propriedade, estava entre os da corte, resolvia qualquer desavença entre os moradores... Era como um rei em Guildford.*

Os boatos que corriam eram de que ele era o melhor homem da Terra e que sua beleza era incomparável a qualquer morador. Eu nunca acreditei em lendas, muito menos naquela.

Quando subi até o castelo naquela noite, a intenção nunca foi vê-lo, mas sim poder assistir de perto aos vestidos mais lindos já vistos na cidade. Todas as moças estariam lá com criações que vinham até de Paris.

Foi assim que coloquei meus pés naquele lugar pela primeira vez, não imaginando que entraria lá tantas outras. Algo mudou naquele dia. A principal delas é que passei a acreditar em lendas quando vi Vicenzo, o duque de Lamberg, seu título verdadeiro. Ele era o homem mais bonito que eu já tinha visto na vida. Seus cabelos negros e seu olhar doce me atingiram como uma bala no peito. Não respirei quando ele me encarou naquela noite. Primeiro, porque estava com medo por ter sido descoberta e, depois, porque senti algo inexplicável. Meu coração acelerou e era como se bolhas de ar estourassem na minha barriga.

Seus passos vieram na minha direção e, quando ele estendeu as mãos pedindo-me uma dança em minha caderneta, eu respondi que a minha estava cheia de anotações de costura, porque não sabia, até então, o que era uma caderneta de dança. Ele abriu um sorriso e não foi de deboche. Era um sorriso meigo. E, naquele momento, eu soube que nunca mais esqueceria aqueles lábios abrindo-se para mim.

Dançar com ele foi como flutuar nas nuvens, mas não pensei que estava sendo observada por todos, porque não sabia que, até então, o duque nunca tinha dançado com nenhuma mulher em todos os bailes que oferecia ou participava.

E, na manhã seguinte, ele estava na porta da nossa humilde casa, pedindo permissão ao meu pai para me cortejar.

De um dia para o outro, acordei como uma princesa. As pessoas me olhavam diferente nas ruas e eu fazia parte de alguma forma daquele mundo. Vicenzo me fez acreditar em lendas e depois em anjos, porque nunca tinha visto alguém tão bondoso. Ele cuidava da cidade, porque era incapaz de ver o sofrimento de qualquer pessoa.

O dia em que ele me beijou pela primeira vez, estávamos a sós dentro do seu castelo e ele me puxou para um canto, encostando sua testa na minha e prometendo um mundo que eu não conhecia. Seus lábios tocaram os meus, que nunca tinham imaginado o que era aquilo, e seu beijo se transformou em um beijo caloroso, elevando nossas temperaturas e fazendo nossos corações saltarem pela boca. Eu sentia e percebia o dele da mesma forma.

Foi assim que acreditei em amor à primeira vista, que beijos roubados eram o paraíso e que contos de fadas existiam.

Foi então que comecei a sentir a maldade das pessoas que, até então, nunca tinha me atingido. Fomos vistos por um empregado do castelo e, no outro dia, minha honra estava suja como a sarjeta dos bairros pobres. As pessoas cochichavam quando eu passava, lembrando-me de que deveria voltar a cuidar dos porcos e de que ali não era o meu lugar, mas não me importava. Eu amava Vicenzo e sabia que ele me protegeria, porque comecei a acreditar em príncipes encantados de armadura.

Ele marcou nosso casamento para o outro dia. Tinha esse poder. Em questão de horas, a festa estava sendo preparada e um vestido perfeito chegou à minha casa.

A cidade se revolucionou, ninguém acreditava que ele se casaria com uma plebeia. Mas não importava.

Nesse dia, voltei ao seu castelo e o beijo foi longo, fazendo-me ansiar por algo que não conhecia. Foi assim que suas mãos percorreram meus cabelos, meu rosto e me apertaram contra seu corpo. Foi assim que desejei tocá-lo também, passando minhas mãos por seu peito, que tinha a camisa semiaberta. Nesse instante, ele se afastou, olhando-me com perplexidade, como se eu o tivesse queimado com meu toque e pediu que eu fosse embora sem nenhuma explicação.

Chorei durante toda a noite, sem compreender o que fiz de errado e sentindo-me suja. Logo no outro dia, quando cheguei à igreja, ele não apareceu.

Corri até não aguentar mais, sem rumo, até me afastar daquela cidade, perdida e desacreditada do amor, das lendas, dos príncipes encantados e até do céu... Eu sentia uma dor dilacerante porque estava condenada à desonra. Acabara com minha família, com a chance de um bom casamento para minha irmã e estava com uma tristeza que perpassava meu coração. Não sabia o que era respirar sem Vicenzo.

Eu o odiei de todas as formas, mesmo sabendo que no fundo ainda era tudo amor. E foi isso que me fez voltar escondido para casa na madrugada, roubar um galão de óleo de baleia do meu pai e um fósforo.

Essa motivação me colocou parada em frente àquela casa afastada da cidade. A casa do pai de Vicenzo. Ele me levou lá uma única vez, dizendo-me que aquela era a única lembrança que possuía do seu pai. Ele amava aquele lugar muito mais do que seu castelo pomposo. Confidenciou-me que ninguém sabia que aquilo pertencia a ele e levou-me para vislumbrar as fotos de família, as coleções de relógios e de armas do pai.

Vi seus olhos se encherem de lágrimas naquele lugar, porque aquilo fazia sentido para a sua vida depois que o pai partiu.

Decidi que, se ele destruiu todos os meus sonhos e tudo de bom que eu tinha, precisava retribuir de alguma forma. Despejei com cuidado o óleo de baleia por toda a casa depois de me certificar que estava vazia e depositei no meio da rua uma chemise que ele mandou vir da França e disse que eu usaria na noite depois do casamento. Era meu adeus a ele.

Com os olhos carregados de ódio, acendi o fogo e de longe o joguei. Saí correndo e me escondi, vendo o fogo se erguer e consumir pouco a pouco a casa. As pessoas gritavam por socorro e Vicenzo apareceu na rua passando as mãos pelos cabelos, gritando "não!" e, então, abaixou-se para pegar a peça no chão.

Dei as costas e parti.

Aquele lugar não era mais meu lar. Minha família precisava que eu fosse esquecida para continuar a viver. Não me despedi. Não tinha amor, não tinha saudade no meu coração. Saí de Guildford carregando uma única coisa: ódio.

Capítulo 1

"Os primeiros dias sempre são os piores. Juntam-se o medo de não conseguir e a dor da perda do que se ficou para trás. Mas, se me visse hoje, teria orgulho do que me tornei. Não sou uma lady, sou muito mais, porque consigo olhar para qualquer lugar sem sentir vergonha de nenhum ato que fiz. Eu me refiz das cinzas sozinha!"

(Cartas para minha mãe, Londres, 1804)

MARSHALA

Chegar a Londres sem nada nas mãos me fez sentir o maior medo que já enfrentei na vida. Entretanto, isso somente era a ponta do iceberg. Desespero mesmo foi sentir saudades e medo de nunca esquecer o que ficou para trás. Definitivamente, aquilo foi a coisa mais apavorante que poderia enfrentar. Mas enfrentei. Deixei Cecília no passado e Marshala incutiu-se em mim como se a minha vida dependesse disso. E realmente dependia.

Depois de passar dias de fome, consegui um trabalho em uma pequena loja de costura, já que sabia fazer muitas coisas. Ajudava na limpeza, costurava, fazia compras e o que era necessário para manter o emprego que me dava restos de alimento, proporcionados pela dona da loja.

Deixei para trás todos os sonhos, menos o de me tornar modista. Fui movida por ele, assim como precisamos dos pulmões para respirar. Mudei o cabelo e o uso de chapéus se tornou frequente. Eu nunca poderia ser encontrada. Era uma criminosa. E não queria ser encontrada.

As cartas que escrevia para minha mãe nunca eram entregues. Era melhor que eles nunca mais tivessem vínculos comigo. Escrever era uma forma de mantê-los na minha memória, a única coisa que gostaria de manter viva em mim.

Fui lutando, aprendendo todos os dias e dizendo a mim mesma que nunca mais amaria ninguém, só a mim.

Parei e olhei com orgulho para a minha loja, Mademoiselle. Tinha chegado longe, muito mais longe do que sonhei.

A loja era sociedade minha com a desenhista Helena, no entanto, era minha idealização, minha criação. E aquilo era minha vida.

Ninguém toca a sua vida, ninguém toca o que é seu. Mas alguém estava me procurando. Eu podia sentir alguém me seguindo por onde quer que eu fosse, podia ver olhos sobre minha loja e não eram homens do rei ou da lei. Eram homens dele. Eu sabia, não entendo como, mas simplesmente sabia.

Tentei me esconder por um mês no clube de Nataly, do qual tinha uma parcela de sociedade, com a ilusão de que eles me esqueceriam, mas, se cinco anos não foram suficientes para Vicenzo me deixar em paz, então um mês não seria. Eu me iludi como idiota, mesmo sabendo qual era a realidade de tudo.

Decidi então que não deixaria minha vida como uma prisioneira. Se tivesse que encarar meu passado, iria encará-lo de frente. Se tivesse que pagar por meus crimes, pagaria. Se ele esperava encontrar uma boa moça que pudesse levar para o calabouço, estava enganado! Eu tinha amigos importantes, duques, barões, as mulheres para quem fazia vestidos tinham maridos que moveriam muitas coisas a meu favor.

Desta vez, eu não daria as costas para minha vida e não fugiria de novo, abandonando tudo que eu conhecia. Eu só não queria vê-lo. Só isso, porque não sei o que poderia sentir. Mas o que sentiria? Só poderia ser desprezo, ódio e nojo. Não existia mais nada do nosso passado no meu coração. Às vezes, pegava-me lembrando do que sentia por ele, então a imagem do seu desprezo me tomava e tudo se transformava em ódio.

Abri a porta da loja e comecei a mexer em uns tecidos. Em instantes, a loja estava cheia. Éramos sucesso em Londres e, com a temporada de debuts para começar, estávamos a todo vapor. Logo Helena chegou com Susan nos braços, sua amada filha. Sorridente e cheia de ideias, começou a compartilhá-las com as clientes.

Ela conseguia segurar a filha em um dos braços e, com a outra mão, rabiscava os desenhos que as clientes pediam, enquanto eu mostrava os tecidos e anotava os pedidos.

O dia passou como um piscar de olhos. Estávamos com encomendas para o mês inteiro. Como a loja ficou fechada por um mês, o alvoroço foi grande com a nossa volta. Eu teria muito trabalho. Tinha duas costureiras que me ajudavam, mas precisava contratar mais duas. O negócio finalmente estava crescendo.

Quando fechei a porta, já tinha escurecido. Eu morava a duas quadras dali, em uma pequena casa. O lugar não era grande, mas era aconchegante e eu o decorava cada vez mais com coisas que encontrava em lojas de luxo, creio que tinha uma pequena mansão em um cúbico. Era irônico.

Comecei a caminhar e senti os olhos que me seguiam. Estavam mais próximos que o normal. Eu podia sentir o frio na espinha.

Odiava sentir aquilo. Sentia-me vulnerável e ninguém tinha o direito de fazer isso comigo. Parei no meio do caminho e olhei para trás. Mesmo na escuridão, pude perceber que o homem também parou.

— Sei que está a mando de um covarde! — gritei, cansada de ser seguida por tanto tempo. — Sei que ele não é homem suficiente para fazer isso, porque sujaria seus ricos pés, assim como não foi homem de assumir suas palavras há cinco anos. Então leve um recado para seu mandante... — falei mais alto ainda, parecendo provavelmente uma louca. — Diga a ele que, se não me deixar em paz, vou colocar fogo naquele castelo e garantir que ele esteja dentro! — Saí posando de firme e, desta vez, não fui seguida.

Eu estava com tanta raiva, com tanto ódio.

Quando cheguei a casa, abri a porta e, ao fechá-la, bati com tanta força que um pequeno enfeite que tinha pendurado caiu e se despedaçou.

Como ele poderia fazer isso comigo? Não tinha sido suficiente destruir minha vida, tirar-me tudo, minha dignidade, minha família, roubar meus sonhos e massacrar meu coração?

Eu queria chorar, deixar toda a dor sair, mas não conseguia. Estava tudo morto dentro de mim. Ele matou tudo, roubou tudo de mim, até as minhas lágrimas.

Capítulo 2

"Não há um dia sequer que não pense em você, que não te procure pelo mundo e nos meus pensamentos. Foi como se tivesse respirado pela última vez quando vi seus olhos azuis naquele fatídico dia e, desde então, entrei em estado vegetativo e aguardo você me devolver a vida."

(Cartas para Cecília, Guildford, 1800.)

VICENZO

Dois meses em Londres, enfiado naquela casa, escondido para que minha visita não se tornasse pública e um evento na cidade. Não era todo dia que o duque de Lamberg estava por aqui e minhas amizades até com a família real me davam poderes que faria um tapete vermelho se estender pelas ruas que eu passava.

Eu detestava isso. Só queria encontrar uma pessoa que escapava das minhas mãos como a água.

Um terço da minha fortuna tinha sido gasto em procurá-la. Eu mesmo tinha rodado o mundo nos últimos anos. Precisava encontrá-la. Só encontrá-la.

Sem saber muito bem que sentimentos nutria por ela — amor, saudade ou ódio —, eu só precisava dela, como se precisava do ar para respirar.

E, nessa longa jornada, pistas me trouxeram até Londres e até aquela mulher excêntrica que vínhamos seguindo há meses. Eu nunca a tinha visto, mas me mantinha ali, porque algo me dizia que era ela.

Sentado no sofá, bebia um uísque quando Rui entrou. Ele era meu principal homem nessa jornada. Eu confiaria minha vida a ele se fosse preciso.

O homem de meia-idade trabalha para mim faz muitos anos.

— Desculpe incomodá-lo, milorde, mas tenho notícias... — ele falou, fazendo uma reverência.

Levantei-me e entornei o restante da bebida que tinha no copo. Algo me dizia que ele não entraria para me incomodar se não fosse importante.

— Diga.

— Estava a seguindo, como pediu, então ela parou e gritou comigo esta noite.

Meu coração deu um salto no peito.

— O que ela disse?

— Que você... — Ele parou, receoso. Parecia envergonhado do que poderia dizer. — Desculpe-me, milorde, foram as palavras dela, devo prosseguir?

— Sim, claro!

— Disse que o senhor é covarde, que não é homem suficiente para segui-la, porque sujaria seus ricos pés e que não foi homem para assumir suas palavras há cinco anos...

Ele parou. Estava vermelho como vinho.

— Diga, homem!

— E que, se não a deixar em paz, vai colocar fogo no seu castelo e vai garantir que o milorde esteja dentro.

Era ela! Abri um sorriso e abracei Rui fortemente, deixando-o desconcertado.

— Obrigado, Rui. Você foi de grande valor. Deixe que agora eu cuidarei dela, pode ir descansar.

Eufórico, servi-me de outro copo de uísque. Depois de cinco anos, finalmente eu a tinha encontrado. Como ela estava? Tinha o mesmo tom de azul nos olhos? Seus cabelos ainda eram de um castanho reluzente? Sua pele era como seda?

Minha mente pensava em tantas coisas. E eu só tinha uma certeza: ela não era mais a mulher doce que eu conhecia. A minha Cecília não saberia nem o significado da palavra covarde, quanto mais ousaria proferi-las.

O que o tempo tinha feito com ela? O que eu tinha feito com ela...

Tinha muitas coisas a acertar com Cecília. E não poderia ficar para o outro dia. Tinha que ser nesta noite. Eu já tinha esperado muitos anos. Não esperaria nem mais um dia.

Parei na frente da sua casa. *Era tão pequena, tão diferente do que era para ser*, pensei com desgosto, *mas tinha seu charme*. Era elegante e requintada.

Pensei que ela não abriria a porta para mim. Nunca mais ela abriria a porta para mim, então decidi que faria isso por ela.

Com facilidade, pedi que o chofer fizesse isso para mim. Em instantes, sem barulho algum e com o auxílio de um pequeno ferro, a porta da casa estava aberta.

Espiei e vi as velas acesas. Entrei, porque me permiti, porque precisava vê-la e porque sentia em toda a vida que ela me pertencia.

Olhei para a sala. O sofá, os móveis, os enfeites eram elegantes. Eram caros e de extremo bom gosto.

Ela não estava ali, mas escutei barulhos vindos do quarto. Pensei que ela pudesse estar nua e minha mente logo se encheu de imagens que fizeram algo se acender no meu corpo.

Mas eu não tinha esse direito. No entanto, precisava vê-la.

Caminhei vagarosamente até seu quarto. A porta estava aberta e, quando olhei, ela estava de costas, penteando os cabelos que ainda tinham a mesma cor que me encantava. Vestia uma camisola de seda até os pés, que marcava seu corpo perfeito e as velas a iluminavam como uma deusa, a minha deusa do fogo.

Senti uma ternura por ela, um amor imensurável e todo o ódio que guardei por anos, por tudo que ela destruiu das minhas lembranças e pelo que queimou ficou esquecido. Eu a amava como no dia em que a conheci.

Eu conhecia muitas mulheres bonitas, que se mostravam a mim, que me desejavam e que dariam qualquer coisa para serem minhas mulheres. Nunca me interessei por nenhuma delas.

Mas, quando a vi, foi como se meu coração saltasse. E ele fazia a mesma coisa vendo-a se pentear.

Nada mudou. O sentimento era o mesmo.

— Cecília... — chamei-a.

Ela deu um pulo, assustada, e, então, olhou-me como se tivesse visto um fantasma. Ficou parada me encarando por um longo tempo.

Voltei do meu estado vegetativo. Voltei a viver, voltei a respirar.

Seus olhos azuis estavam ali, encarando-me assustados, mas estavam lá, refletindo as velas, brilhando, lindos como nunca.

Ela pegou um roupão na cama e se cobriu quando recobrou os movimentos.

— Não tem o direito de invadir minha casa!

— Se tivesse pedido para abrir a porta, você abriria? — questionei-a.

— Então se sentiu no direito de invadir minha vida. É dono de tudo, não é? Comprou o mundo agora? Mas esta casa é minha! Paguei por ela, não sei se te avisaram quando você comprou o mundo todo! — falou em tom de deboche.

Olhei com tristeza. Não tinha nada da minha doce Cecília ali. Eu tirei tudo dela.

— Deixe-me falar com você, Cecília, tenho muitas coisas a dizer! — supliquei.

— Cecília está morta! — praguejou, furiosa. — Não a procure, não vai encontrá-la. Ela se queimou até a morte em Guildford há cinco anos. Eu sou a Marshala e não conheço o senhor. Peço que, por favor, se retire da minha casa ou vou ter que gritar por socorro e fazer um escândalo. Creio que não goste disso.

Coloquei a mão na testa e abaixei a cabeça. Eu a procurei por muito anos, preparei-me para tudo que pudesse dizer a ela, para todos os sentimentos que em mim exultariam, mas nunca me preparei para encontrá-la assim, rebelde, um mulher dona de si, que não temia a própria sombra, que tinha mudado seu próprio nome e apagado seu passado por completo.

Olhei nos seus olhos novamente e em uma última tentativa, falei:

— Diga-me que esqueceu tudo, que não restou nada da Cecília dentro de você. Nenhum resquício? Nem que seja de ódio...

Eu implorava por alguma coisa, eu precisava de qualquer sentimento dela, qualquer coisa.

Ela balançou a cabeça, olhando para o chão, incapaz de me encarar e isso a entregou. Tinha algo, eu tinha certeza. Mas em questão de segundos se recompôs, levantando o rosto, empinando o nariz como uma perfeita dama e mordendo os lábios. Encarou-me por um longo tempo, como se fosse incapaz de acreditar que eu perguntara isso.

— É muito humilhante para um duque estar aqui, em uma casa humilde, e não no seu castelo pomposo, conversando com alguém que não seja do seu meio importante — falou, sorrindo com desdém. Mas algo passou no seu olhar e me atingiu feito uma bala.

Ela realmente acreditava que eu a tinha deixado por ela não ser da burguesia? Eu queria gritar que eu não merecia nem o chão que ela pisava.

— Creio que o senhor, milorde, confundiu-se. Vou ajudá-lo e poupá-lo da humilhação. Não conheço Cecília. Ela é uma estranha para mim. Não sei dos seus gostos, sua família não faz parte da minha história e não sei quem são seus amores. Sou Marshala! E Marshala não tem família, não ama, sequer tem coração! — Ela apontou o dedo para a porta esticando os braços. — Mantenha um pouco de dignidade e saia da minha casa, por favor!

Parei para olhá-la por um instante, só um. Ali, com os braços esticados, com tanta classe, com tanto rancor, ela continuava sendo a mulher linda que eu amava. Seus cabelos já começavam a secar, a adquirir o brilho e a se encaracolar como eu gostava. Eu adorava enrolar meus dedos nos seus cachos quando se soltavam dos seus penteados. Ela tinha os cílios tão espessos que pareciam uma moldura para os seus olhos azuis cintilantes e toda a beleza em uma estatura pequena, ela não era uma mulher alta, o que sempre a deixou frágil. Eu adorava protegê-la nos meus braços e agora ela era dona de si e me amedrontava com tanto desprezo.

Eu não poderia perdê-la. Não sabia como poderia tocá-la, como curar-me para tê-la, mas pensaria nisso depois. Primeiro, eu precisava que ela me escutasse, então fiz da única forma que encontrei.

Eu precisava usar todo o meu poder.

Respirei fundo, porque me doía magoá-la ainda mais.

— Cecília pode ter morrido para você, mas perante a corte eu creio que ela continua viva. Se eu disser que colocou fogo em uma residência minha, Marshala ou Cecília pagarão pelo crime.

Seus olhos se escureceram de raiva, seus punhos se fecharam e eu podia sentir sua respiração irregular. Ela estava furiosa.

— Eu não sou a mulher que você conheceu, Vicenzo. Tenho pessoas importantes que podem me favorecer desta vez.

— Não, se eu dissesse que o motivo do fogo foi bruxaria.

Ela empalideceu. E meu coração se partiu, em tantos pedaços, mais uma vez. Ele já tinha se partido tantas vezes que eu duvidava que algum dia ele seria uma peça só. Gostava de pensar que ele era como um mosaico: você junta as peças e faz combinações diferentes, nunca mais a mesma, nunca mais sem imperfeições.

Era necessário, pensei. Era a única maneira.

— Não creio que alguém possa salvar você desse crime que te levará à pena de morte. Fique preparada, eu mandarei alguém para te buscar quando desejar conversar com você... — Na verdade, quando me sentisse digno, quando tivesse as palavras certas e quando ela pudesse me ouvir. — Não tente fugir. Garanto que desta vez não vai conseguir.

Dei as costas e saí, porque estava com raiva de mim, estava com vergonha das minhas atitudes.

— Vicenzo! — ela me chamou, e algum tipo de esperança surgiu no meu peito. Ela me escutaria agora? — Prefiro a morte a escutar algo que tenha a me dizer — ela falou, antes que eu partisse.

Mas ela estava com raiva. No final, reconsideraria.

O DIA EM QUE TE BEIJEI

Paula Toyneti Benalia

Capítulo 3

"O ódio é um sentimento que me consumiu durante tantos anos. Se tivesse a oportunidade de alcançar um único abraço seu, mãe, creio que aplacaria o que escurece meu coração. Mas Guildford plantou o ódio e me afastou de você. E o amor e o ódio me destruíram."

(Cartas para minha mãe, Londres, 1803.)

MARSHALA

Sentada na cama durante toda a madrugada, eu olhava para o teto, incapaz de acreditar em tudo que tinha acontecido. Ele tinha voltado, provavelmente continuaria atormentando-me. Como ele poderia ser tão cruel? Eu sangrava por dentro só de imaginar como ele poderia fazer isso.

Vicenzo era considerado um dos melhores homens que as pessoas já tinham colocado os olhos em Guildford. Pobre daqueles, olhavam para um lobo em pele de cordeiro. Ele era um monstro. Eu o odiava.

E meu coração ainda o amava tanto.

Ele era por fora o mesmo homem pelo qual me apaixonei. Estava mais magro, mas continuava lindo, com seus cabelos negros despenteados, olhos castanho-claros, rosto bem estruturado, maxilar bem desenhado, sobrancelhas espessas e corpo másculo.

O Vicenzo que amei era meigo, protegia-me do mundo, amava-me com o olhar. Pegava na minha mão e desenhava estrelas no anoitecer, brincava com meus cabelos... Porém, esse que apareceu na minha frente estava disposto a me entregar para a morte.

Mas ele não tinha esse poder.

Troquei-me e, quando os primeiros raios de sol entraram pela janela, fui até o clube falar com Nataly. Eu precisava de ajuda e, mesmo nunca tendo falado da minha vida com ninguém, desta vez precisava de socorro.

Sentei na poltrona do escritório onde Ava me deixou e foi chamar sua patroa, que tinha dormido no clube. Nataly tentava comprar uma casa, mas todas que escolhia acabavam se tornando casas de acolhimento para mulheres que eram desprezadas de alguma forma pela sociedade e não tinham para onde ir. Pietro, seu marido, abraçava suas causas, sempre com um sorriso no rosto. Dessa forma, continuavam morando no clube *Spret House*.

Nataly não tardou a chegar.

— Por Deus, o que há, *chérie*?

Ela me abraçou e sentou na minha frente, olhando-me com preocupação.

— Estou com problemas... — comecei, impaciente.

— Isso eu já sei. Ficou um mês escondida aqui no clube. De quem foge, *chérie*?

— Nataly, meu problema eu creio que seja mais grave do que você imagina. Poderia chamar George e Pietro aqui no clube? Acho que a influência dos dois seria importante para mim, e não tenho liberdade para falar com eles.

Ela enrugou a testa.

— Se for dinheiro, sabe que não precisa do meu marido nem de George.

— Não é dinheiro. Preciso do que os títulos deles possam me prover. A proteção de um duque e de um barão.

Ela levantou, pensativa.

— Fique onde está, Marshala. Receio que não me pediria isso se não fosse algo sério, conhecendo-a e sabendo que nunca falou da sua vida pessoal.

Assenti, sentindo-me humilhada por estar ali.

Prometi a mim mesma quando vim para Londres que nunca mais pediria nada a ninguém, nenhum favor, nenhum amor. Eu sobreviveria sendo suficiente a mim mesma.

Estar ali era uma derrota. Eu só não poderia perder para Vicenzo. Era melhor morrer.

Não sei quanto tempo fiquei sentada ali. Quando ela voltou, estava com George e Pietro ao seu encalço.

— Encontrei-os — falou, orgulhosa. — Vou deixá-los a sós, *chérie*.

Sorri em retribuição.

Já estava humilhada o suficiente por pedir um favor e, com quanto mais pessoas precisasse compartilhar, seria pior. Nataly era uma mulher sensível e compreendeu no meu olhar.

George fechou porta e Pietro sentou no canto da mesa.

George aproximou-se e encostou-se na parede, encarando-me. Eu me arrepiava com seu olhar. Ele tinha uma postura de um duque de respeito que não se perdia. Ele respirava ordem.

Já Pietro me olhava com ternura, com compreensão.

Eram dois amigos diferentes em todos os sentidos e casados com as mulheres mais improváveis de toda a Inglaterra.

Respirei fundo.

— Estou com problemas e temo ser denunciada à corte — comecei.

— Que tipo de crime? — George já interviu.

— Cinco anos atrás, coloquei fogo propositalmente em uma residência em Guildford. Ela pertencia a um duque que detinha grande sentimento por ela. Ele tinha lembranças de uma vida guardadas lá.

Olhei para Pietro, que tentava conter o sorriso. Meu olhar foi o suficiente para ele cair em uma gargalhada.

— Desculpe-me, Desculpe-me... — ele falou, estendendo a mão, segurando sua barriga.

— Pietro! — o amigo o repreendeu, com a testa enrugada. — Agora não é hora para suas piadas.

— George, sua mulher escandaliza a cidade, a minha é uma cortesã e a melhor amigas delas uma criminosa. O que quer que eu faça? Que eu chore? Um trio desse, por Deus, onde vamos parar?

— Continue, Marshala e não ligue para essa criança — George pediu, sério como sempre. — Diga-me, se ele já a acusou, o que ele quer?

Juntei minhas mãos sobre o colo.

— Ele disse que vai me acusar do incêndio, alegando bruxaria.

— Mas que droga! — George praguejou. — Isso é muito grave.

Pietro se levantou e desta vez não tinha um sorriso no rosto. *Eu estou encrencada*, pensei.

— Mas ele não tem provas! — Pietro rebateu.

— Pietro, desde quando um duque precisa de provas para acusar uma mulher na corte? Por favor!

— Eu deixei uma peça de um vestuário meu no local do crime — confessei.

— Por Deus, Marshala, estava querendo perder a cabeça? — Pietro falou surpreso.

— Eu estava querendo vingança.

O DIA EM QUE TE BEIJEI

— E não poderia, sei lá, viajar para o campo, se passar de prostituta como fez Helena com George?

— Pietro! — George berrou.

Desta vez fui eu quem sorri. Os dois brigavam a todo instante e se amavam como bons amigos na mesma intensidade.

— Vamos ver o que podemos fazer, se podemos pedir favor a alguém, não sei — George falou, passando a mão pelo rosto, pensativo. — Diga-me, Marshala, quem é o duque que a acusa? Talvez seu ducado nem seja importante...

— Duque de Lamberg, de Guildford.

— Mas que droga! — George falou desta vez, sem cortesia, encarando-me com pena. — Você queimou uma casa com coisas pessoais de um dos duques mais importantes da Inglaterra, um amigo pessoal do rei? Achei que ninguém superaria Helena nas suas loucuras, mas você...

Pietro olhou para o amigo que estava pasmo e começou a rir.

— Desculpe-me, Marshala — ele pediu, constrangido —, eu consigo ver como George se assusta com coisas assim.

— Então diga a ela você, Pietro, quais são as soluções que temos para ela — George falou, irritado.

— Não temos, criança, não temos. Mesmo que falássemos com o rei, ele não atenderia George, que tem uma influência maior, porque o seu duque está acima de todos nós. A sua palavra vai ser lei sobre a nossa. Se a acusação chegar à corte, você com toda certeza vai ser queimada, como fez com sua casa. Receio que a melhor solução seja fazer um acordo com o duque, porque, se ele não levou a acusação, quer algo de você.

O silêncio se fez presente, os dois encarando-me, esperando que eu dissesse algo.

— O que ele quer, Marshala? — George pediu, por fim, e eu me levantei.

— Creio que ele me peça algo que eu jamais possa dar. Peço como um favor pessoal que digam às suas mulheres que o assunto ficou resolvido e não digam do que se trata. Preciso desse silêncio até saber que fim eu terei.

Eles assentiram.

— Quer que eu fale com ele? — George se dispôs. — Sempre escutei que Vicenzo tem um grande coração, um dos melhores que já se viu.

Balancei a cabeça, negando.

— Não será necessário. Cuidarei disso pessoalmente. Agradeço muito o tempo que dispensaram a mim a esta hora da manhã. Serei eternamente grata.

Fiz uma curta reverência e os deixei, ficando apenas com meus pensamentos.

Eu precisava pensar em alguma coisa. Não o deixaria simplesmente chegar e destruir minha vida como já tinha feito uma vez. Quando cheguei à frente da loja, um homem me esperava com uma carta. Eu nem precisei abri-la para saber do que se tratava.

Decidi que me encontraria com ele para ganhar tempo. Era a única forma de conseguir alguma coisa. Não tinha outra opção.

Pensei com tristeza que as mulheres tinham poucas opções perante os homens que possuíam títulos, pois isso lhes dava poder de escolher até o que vestiam ou o dia que morreriam. Eram verdadeiros deuses.

Abri a carta com fúria.

> *Faz parte do ser humano procurar um sentido, um porquê em todas as coisas, como se isso fosse parte fundamental do seu existir. Sempre foi assim e sempre será.*
>
> *Quando você se depara com uma situação e ela te toca profundamente de alguma forma, sempre procura entender o porquê daquilo.*
>
> *Porque estou chorando por isso? O que me faz tão feliz? Como eu sinto tanta saudade? Tanto amor assim?*
>
> *Sei que você se pergunta todos os dias por que não a encontrei naquela igreja. Não sei se consigo te dar todas as respostas de que precisa, mas estou disposto a te dar muitas outras coisas.*
>
> *Eu te espero no endereço marcado no verso, sabendo tanto a você, quanto a mim, que sempre foi uma questão de vida ou morte.*
>
> *Vicenzo*

Sem entender o que ele tinha a ver com morte ou vida, rasguei a carta em pedaços — depois de olhar o endereço, obviamente. Eu precisava me manter viva. Ele não tinha o poder de me destruir.

Não tinha!

Paula Toyneti Benalia

Capítulo 4

"Receio em algumas noites que a escuridão apagará toda a sujeira que carrego no corpo e que o sol trará alguma dignidade para que possa alcançá-la um dia. Mas o dia amanhece e tudo está da mesma forma. O que farei quando te encontrar? Porque vou te encontrar, nem que seja a última coisa que faça na vida."

(Cartas para Cecília, Guildford, 1801.)

VICENZO

Eu conhecia todos os seus gostos, cada detalhe que talvez nem Cecília soubesse.

A mesa colocada na pequena sacada que dava para uma visão ampla de Londres não era à toa, assim como a casa recém-adquirida que ficava em cima de uma montanha e afastada de todo o barulho da cidade.

Ela gostava da calmaria e amava comer olhando as estrelas. Eu costumava desenhá-las em suas mãos quando ela me perguntava como seriam de perto. Fantasiávamos as estrelas juntos.

Sobre a mesa, tinha amoras. Ela amava aquelas pequenas frutas de sabor adocicado e azedo ao mesmo tempo, dizia que eram incoerentes, e ríamos da feição que ela fazia quando as experimentava. Ela ficava linda, quando enrugava a testa e as pontinhas dos seus dedos ficavam roxas.

No centro da mesa, uma jarra com água mantinha um buquê de tulipas alaranjadas. Eram as suas preferidas. Cecília as cultivava nas terras do seu pai e dizia que, quando criança, seu pai contava uma lenda de que, se ela fosse uma boa menina, presentes apareceriam dentro dos pequenos copos em que se formavam as flores.

Sentei ali e fiquei olhando para a cidade, para o lugar que o sol se punha, esperando-a chegar. Cecília viria, eu sabia que viria.

Quando o sol se escondeu e o claro das velas começou a refletir as louças da mesa, escutei passos aproximando-se.

Não olhei para trás, mas sabia que era ela. Percebi quando parou na porta.

— Seu lugar à mesa a espera, Cecília, pode ocupá-lo.

Ela contornou, parou em frente à cadeira e me olhou. Estava linda, vestida de forma elegante com um vestido feito por ela, com toda certeza. Nunca vira roupas tão perfeitas e modernas como as que me mostraram sendo dela nos primeiros dias desde que cheguei a Londres. Este era rosa, de um tom quase vermelho, que a deixava maravilhosa, contrastando com sua pele clara.

Levantei-me, puxei a cadeira para que ela pudesse se sentar. Estávamos a sós e a comida seria servida só quando eu pedisse. Não queria ser incomodado por criados, não nessa noite.

— Sabia que viria... — falei, feliz.

— Não me deu muitas opções, não é? Ou jantar, ou a morte. E, pode acreditar, fiquei tentada a escolher a segunda opção... — falou, com sarcasmo, ou talvez com sinceridade. Eu não saberia dizer.

Não a conhecia mais tão bem. Tinha perdido esse direito.

— Escolhi o lugar que mais ama para jantarmos, tendo as estrelas como única testemunha do nosso encontro — anunciei, voltando a me sentar na sua frente.

— Eu amava jantar sob as estrelas de Guildford, é verdade, mas como Cecília! — afirmou. Os olhos desta vez revelavam sua mágoa. — Este céu é de Londres e eu sou Marshala.

Ela sentou-se na cadeira, apoiando um braço no peito e o outro no queixo, como se esperasse sem entusiasmos pelo que viria pela frente.

Achei que nada poderia me magoar nessa noite, porque ela estaria ali e era isso que importava. Eu sempre soube que não seria com sorrisos que ela viria. Mas estava enganado. O seu desprezo me atingira como um punhal, porque era verdadeiro e intenso. Se havia algo que Cecília fazia muito bem, era ser intensa em tudo que executava. E agora eu percebia que era no amor e no ódio também.

Abaixei os olhos, incapaz de encarar seu desprezo.

— E as amoras? Eram para me agradar? — ela indagou, quando percebeu que me atingira. — Você só pode ter sérios problemas, Vicenzo. Eu não sou mais aquela mulher que se comprava com um punhado de amoras, que você colocava sob as estrelas e dizia um monte de mentiras e ela o olhava, sorrindo feito uma idiota, que acreditava ter algo dentro de uma tulipa se ela fosse uma boa mulher. Nada é como antes e nunca vai ser! Não compreende? O que quer?

Ergui meu olhar ao encontro do seu.

— Quero seu perdão. É o que venho tentando nesses cinco anos que parei de viver e comecei a te procurar.

Ela riu com amargura.

— Perdão se pede quando se bate o braço no outro sem querer, quando se pisa no pé em uma dança, quando se quebra uma louça. Não se pede perdão quando se destrói uma vida, quando se arranca o coração de uma pessoa, quando tira o seu lar, seu direito de estar com a família e, principalmente, quando destrói seus sonhos. Não se perde perdão por isso, Vicenzo, porque não há perdão para tais coisas.

— Eu sei, eu sei, mas vou viver tentando, porque a única coisa certa nesta vida é que a amo, Cecília.

Ela balançou a cabeça freneticamente.

— Não! Você não ama ninguém. É incapaz de amar. O que você faz são obras de caridade e isso faz muito bem, então continue com elas! Só não me inclua!

Mordi os lábios, punindo-me.

— Como pode duvidar que ainda a amo?

Olhando para Londres, ela não respondeu.

— Diga-me? Como pode duvidar? Como pode duvidar de que o que senti acabou? Que o que sentimos acabou?

— Eu não duvido de que ainda me ame. Tenho a certeza de que nunca me amou, Vicenzo. São coisas diferentes. Senão, por que faria aquilo? O que levaria um homem que ama tanto sua noiva a abandoná-la no dia do casamento depois de desprezá-la na noite anterior? Diga-me!

Respirei fundo. Eu não poderia dar essas respostas a ela.

Balancei a cabeça, negando em silêncio.

— Sim, o silêncio novamente, a solidão... É isso que o seu grande amor reserva para mim! — Ela se levantou e jogou o guardanapo sobre a mesa.

O DIA EM QUE TE BEIJEI

— Receio que nossa conversa tenha terminado. Passar bem.

— Nossa conversa não termina até que eu determine! — falei, repreendendo-a.

Não era de minha estima tratar qualquer pessoa dessa forma, isso incluía a mulher que eu amava, mas não poderia deixá-la escapar outra vez. Não poderia perdê-la de novo, nem que isso significasse enfrentar meus demônios.

Seus olhos paralisaram, encarando-me com mágoa e surpresa. Acredito que ela não reconhecia neste instante o homem que amou, ou que amava.

— Sente-se! — ordenei. — Vamos jantar e conversar sobre o futuro. Receio que o passado não importe mais.

— Como não importa, Vicenzo? — rosnou. — E, se não importa, por que me mantém aqui, ameaçando-me de forma tão irracional?

— Porque a amo — respondi, sem pestanejar, com toda a sinceridade da minha alma.

— Pois bem... — Ela puxou a cadeira novamente e se sentou, debruçando seus braços sobre a mesa. — Diga-me o que é amor para você?

Seu tom de voz era acusador, direto.

— Amor é quando você percebe que não consegue respirar sem a outra pessoa. É como fiquei todos esses anos.

— E o que mudou daquele dia na igreja para hoje? Diga-me que, se fosse amanhã, poderíamos entrar em uma igreja e nos casar? Você estaria propenso a isso? O que mudou?

— A questão não é o que mudou, Cecília, mas exatamente o que não mudou nesses cinco anos. Descobri que não consigo viver sem você e, por mais que me doa querer você mesmo sabendo que não a mereço, sou egoísta demais para deixá-la. Eu me torno egoísta com você.

A luz do luar permitia vê-la com deslumbre, misturada com o iluminar das velas. E foi possível ver quando ela deu de ombros, tentando esconder o que se passava em seu semblante.

Balancei o sino para que a comida fosse servida, esperando por uma resposta sua.

— Achou que eu ficaria esperando você durante esses cinco anos? O que você pensou especificamente?

Essas palavras me paralisaram. Ela sugeria que tinha outro? Balancei a cabeça sem compreender.

— Seu coração meu esperou. Não pode ter morrido aquele sentimento. Eu sei que não morreu.

— Ele tinha vida, sim, depois adoeceu e teve uma morte lenta e degradante, fazendo-me desejar nunca mais ansiá-lo.

Mordi os lábios, punindo-me novamente. Dessa vez, senti o gosto do sangue esparramar pela boca, resultado de mais um pequeno corte por dentro dos lábios, causado pelo atrito com os dentes.

Remoendo-me por dentro e precisando saber a verdade, perguntei a ela:

— Você tem outro, Cecília?

Nos dias em que a estivemos observando, sem ter certeza da sua identidade, nunca a avistamos com ninguém. Ela era movida pelo trabalho e isso era a única coisa que lhe fizera companhia nos últimos meses.

O mordomo se aproximou com outra criada e serviram o jantar, uma sopa de vitela que cheirava bem.

Ela manteve o olhar no prato até eles se retirarem. Não sei se pensativa em sua resposta ou esperando não ser incomodada.

Quando os criados saíram, levantou os olhos em minha direção.

— Cinco anos se passaram e, sim, conheci outra pessoa.

Meu sangue ferveu, cheio de ciúme, ódio e dor. Era uma mistura de tudo que me tomava ao imaginar outro a tocando, colocando as mãos em sua pureza, levando em vida toda a ingenuidade que eu tive o prazer de desfrutar e de destruir com meus atos.

Eu era um infeliz, um imundo. Só não conseguia afastar-me dela, mesmo sabendo que seria o correto a fazer.

— Está mentindo! — blefei. — Nunca viram você com alguém nos meses que mandei observá-la.

— Porque não sou idiota! — gritou. — Porque estive cercada de olhos e não me eram despercebidos. Achou que os convidaria para minha casa e apresentaria meu noivo?

Noivo? Não era possível! Ela era a minha noiva!

— Onde ele está? Quero conhecê-lo! — ordenei, desta vez sem remorso.

— Partiu de viagem e deve voltar em breve para o casamento. E não tem o direito de exigir nada de mim. Precisa me deixar em paz.

Nunca me havia passado pela mente que ela poderia ter outro, assim como nunca passou pela minha tocar outra mulher depois dela.

— É um duque, um barão, um visconde? — perguntei, tentando saber com quem lidaria.

Ela balançou a cabeça.

— Ele não é ninguém.

Ela falou aquilo olhando para o prato, onde brincava com a comida sem ter colocado uma colher sequer na boca.

— Estou em vantagens sobre ele. Creio que pode avisá-lo que o noivado terminou. Lidaremos com as consequências. Não me importo que outro a tenha tocado ou se tem alguém agora na sua vida. Como disse, não vamos viver de passado.

Por algum motivo, ela franziu o cenho.

— A única pessoa que está vivendo de passado é você, Vicenzo, sonhando com uma Cecília que não existe mais. Agora sou Marshala e precisa compreender que não sou nem de longe a mulher que você jura ter amado um dia, mesmo eu não acreditando nem por um instante! — Ela se levantou novamente. — Não estou disposta a comer. Estou me retirando.

Fez uma reverência que me fez sentir um hipócrita. Ela nunca tinha se reverenciado a mim. A Cecília que conheci não era propensa a convenções, nem sabia da sua existência.

— Pode pensar que terminou, mas nossa conversa se encerrou apenas por hoje. Estarei por perto, serei sua sombra. Ou então...

— Deve me jogar na fogueira. Compreendi o tamanho dos seus sentimentos por mim, milorde. Isso realmente é amor. Passar bem.

Ela me deu as costas, deixando-me com as estrelas que pareciam debochar de mim nessa noite.

Sentindo-me sujo, indigno até de pensar nela, larguei a comida sem tocá-la e fui me banhar pela sexta vez no dia.

Capítulo 5

"Às vezes sonho que estou sentada na cozinha de casa em um domingo qualquer e rimos de coisas bobas que papai contava nesses dias. Você diria que era para ele ficar quieto e deixar todos comerem. Você iria repreendê-lo, mas o seu olhar para ele seria cheio de ternura, porque era incapaz de repreendê-lo de verdade. Ama-o demais. E me pego pensando se algum dia eu terei alguém para amar dessa forma."

(Cartas para minha mãe, Londres, 1803.)

MARSHALA

Escolhi um dos vestidos mais bonitos que havia na loja. Tínhamos alguns modelos prontos para alguma emergência que poderia surgir. Escolhi um lilás. Mesmo achando a cor sem graça, o vestido era lindo. Olhei para outro verde-água, quase um azul-turquesa. Ele me lembrava da cor de um mar em uma manhã de primavera. Eu amava aquela cor. Era a mesma que escolhi para vestir quando fui encontrar Vicenzo na igreja naquele dia. Nunca mais usei aquela cor. Desde então, usava cores sem graça.

O mundo tinha perdido a cor.

Peguei o vestido, coloquei em uma caixa e fui para casa me arrumar. Eu iria à ópera.

Odiava ópera. Esses eventos eram a hipocrisia da sociedade escancarada, como se alguém abrisse uma janela em plena manhã ensolarada.

Tinha sido convidada muitas vezes para estar neles e recusava todas.

Mas agora precisava de um noivo. Precisava continuar a minha vida. Só assim Vicenzo me deixaria em paz. E só assim eu seguiria em frente.

Depois de um longo banho tentando acalmar um coração que não tinha calmaria, vesti a musselina lilás sem graça, prendi o cabelo em um coque com a ajuda de uma tiara de pérolas e vesti um par de luvas de seda.

Estava elegante. Sempre estaria. Era a modista mais famosa da cidade e me expor em um evento desses era como exibir uma revista de modas em Paris. Na manhã seguinte, eu teria dúzias de mulheres encomendando vestidos lilases enfadonhos desenhados por Helena e confeccionados por mim.

No horário combinado, a carruagem que aluguei estava me esperando. Era uma noite elegante e eu precisava estar à altura daquela gente.

Instalei-me solitária no meu camarote no teatro e peguei meu monóculo.

A cantora francesa que se apresentaria naquela noite, Reside Leda, estava fazendo um tremendo sucesso por seu soprano afinado e principalmente por sua beleza estonteante. A apresentação deveria começar em meia hora, o que me daria tempo para observar os pretendentes e ser cortejada.

Uma pequena aglomeração demonstrava as damas ingênuas que se formavam, rodeadas por suas mães que babavam pelas filhas que debutariam na temporada, jovens que não sabiam nada do mundo e imaginavam que tudo se resumia a sorrisos e piscadas de olhos com seus cílios espessos. Os pais estavam longe o suficiente para que pudessem conversar sobre negócios, jogos e seus belos prazeres da noite, que começaria depois daquela ópera, quando deixassem suas mulheres em casa, mas estavam perto o suficiente para demarcarem território e mostrarem que eram donos daquelas propriedades que estavam por perto: suas mulheres e filhas, das quais não sabiam em nada o que acontecia em clubes como o *Spret House*, onde seus maridos passavam as noites.

Olhei para outro canto, onde alguns jovens solteiros conversaram e apontavam para alguns camarotes. Eles eram meu alvo e eu seria o deles. Conhecia todos. Eu frequentava muitas festas. Era lá que expunha meus vestidos e fazia minhas negociações, só que sempre à espreita, nunca querendo ser cortejada como nesse momento.

Eu tinha alguém em mente. Lord Felipe, um visconde. Não era alguém muito importante, mas tinha suas riquezas. Era estável, um homem bonito e, ao que diziam, era bom. Seria alguém que olharia facilmente para mim.

Estrategicamente, deixei meu monóculo despencar do meu camarim, chamando a atenção dos rapazes. Coloquei as mãos sobre a boca espantada por tal descuido e esperei por socorro, debruçando-me e olhando para baixo.

Rapidamente eles olharam em direção ao objeto e somente um olhou em direção a mim, mas não foi lord Felipe. Foi Rafael, marquês de Sades, conhecido por ser um dos homens mais rudes de toda a Inglaterra. Seu olhar foi cruel, como se recriminasse meu ato.

Ele desviou o olhar por um instante para pegar o monóculo das mãos de algum outro rapaz que não notei quem era — porque estava com raiva por ele estragar meus planos —, e voltou a me encarar, levantando o objeto em minha direção.

Não me deixei abater por sua petulância e sorri em agradecimento.

Ele caminhou em direção às escadas. Estava me trazendo o bendito monóculo.

Quando puxou as cortinas, rendi-me em uma perfeita reverência e ele estendeu a mão em retribuição e me entregou o objeto.

— Muito obrigada, milorde. Estou muito agradecida por sua bondade — falei, com voz suave, sorrindo, como qualquer jovem dama idiota faria.

— Não julgue minha capacidade de raciocínio, senhorita Marshala. Sei bem quais foram suas intenções. Se me permitir, conhecendo-a e sabendo que não é a mulher que se mostra esta noite, deixe-me assistir à ópera em sua companhia.

E surpreendida por um homem que não era de longe o que eu desejava para ter em minha corte, eu assenti, porque, não, eu não estava preparada para ser cortejada por tolos como lord Felipe que continuava lá em baixo me olhando com olhar de bobo.

Apontei para a cadeira ao meu lado dando permissão.

— Vou pedir para minha irmã nos acompanhar — ele anunciou, sabendo que ficarmos sozinhos faria com que minha honra manchasse. Se ele soubesse...

Ele se retirou e, em instantes, voltou com uma jovem de cabelos loiros e olhos verdes, que em muito se parecia com o irmão, mas tinha olhar meigo e sua testa não estava marcada pelo olhar tenso de Rafael.

— Está é lady Clara! — Ele nos apresentou.

Ela se sentou na segunda fileira, dando-nos privacidade.

Quando conseguimos nos acomodar, a ópera já se estava iniciando. Reside entrou no palco e ofuscou tudo com sua beleza. Ela era realmente muito bela e sua voz exorbitantemente incrível.

Mas eu estava distraída. Estava ali para encontrar um noivo é só isso importava.

Quando finalmente todo o espetáculo terminou, Rafael cruzou seu olhar com o meu. Era sério, mas, diferente de Vicenzo, você não encontrava a bondade, o respeito que sempre pensei ter visto. Era frio, calculista, sem sentimentos.

— Sempre a vejo nas festas acompanhada de amigas casadas e sem pretensão alguma de ser cortejada. O que mudou esta noite?

— Uma mulher precisa encontrar um bom marido. É isso que se faz em Londres, não é?

— Não, sem uma boa dama de companhia e derrubando monóculos propositalmente. O máximo que encontrará nesse caso é um homem que busca diversão. Tenho o semblante de ser bom? Acredita que minha fama é de um moço aceitável?

Sorri fraco. Ele não tinha tato com as mulheres. Queria apenas uma dama para a noite e estava estragando a minha com enrolação.

Levantei-me, ficando de alguma forma superior a ele. Eu odiava ficar abaixo de homens tão arrogantes como Rafael.

— Existem clubes que lhe darão diversão esta noite. Recomendaria o *Spret House* — comecei, ele abriu a boca, não esperando que uma dama falasse abertamente sobre tal assunto. — Eu procuro um noivo que me corteje por um breve tempo e me leve para o altar e, quando traço planos, milorde, costumo não falhar. — Fiz uma curta reverência. — Com sua licença.

Dei-lhe as costas, passando por sua irmã e deixando apenas um sorriso. Voltei para a carruagem alugada que me aguardava e fui para casa, não querendo pensar em como teria sido a noite se estivesse ao lado de Vicenzo. Era tão fácil com ele.

Sorrir era simples, compartilhar qualquer coisa — mesmo as mais bobas — era algo comum, prazeroso. Eu poderia falar com ele de vestidos, de sonhos, de plantações, do mundo e até das estrelas.

Balancei a cabeça, tentando deixar ao longe tudo isso. Já era difícil o suficiente conseguir um noivo em Londres sem ser a dama perfeita, que carregava uma boa dama de companhia e que, em vez de palavras, tinha um sorriso idiota no rosto.

Eu precisava seguir em frente. Se me tinha apaixonado por Vicenzo, a convivência iria me fazer amar outro homem. Era uma questão de tempo e paciência.

Mas algo me dizia que não, quando, em vez de ficar feliz, fiquei em choque quando encontrei um bilhete entregue pelas mãos do assistente pessoal do marquês de Sades.

> *Enganei-me a seu respeito. Espero que esteja em tempo de corrigir. Ser rude é algo que não consigo controlar, mas tentarei por você, se aceitar ser cortejada por mim, como minha noiva oficial a partir de hoje.*
>
> *Com carinho e respeito, marquês de Sades.*

Estava tudo resolvido: eu tinha um noivo. Um bom partido, um homem com um título importante, terras e prioridades que me dariam segurança. Era só seguir em frente.

E tudo que eu queria era morar em uma casa simples do campo, sem segurança alguma, ao lado de alguém que não era Rafael.

Meu coração sofria de dores e de uma burrice sem fim!

PAULA TOYNETI BENALIA

CAPÍTULO 6

"Engraçado como o tempo sempre foi meu inimigo. Ele nunca curou minhas feridas, nem sequer apagou alguma memória. É como se, com o tempo, você se enraizasse no meu peito e roubasse todo o espaço que um dia foi meu. Eu sou completamente você e, para minha desgraça, continuo sendo eu em um corpo que de mim nada carrega."

(Cartas para Cecília, Guildford, 1802.)

VICENZO

Marquei um horário na modista mais famosa de Londres. Era meu próximo passo. Encomendar roupas com Cecília e estar mais próximo.

Não me importava que ela tivesse um noivo, nada importava. Eu a tinha perdido uma vez e não cometeria o mesmo erro. Repetia isso para mim centenas de vezes.

Marquei com nome falso, pois ela nunca me receberia.

Parado em frente à sua loja, eu observava a fachada de vidro e a grandeza do que ela se tornara. Aquela doce mulher ingênua, que vislumbrava os vestidos das damas nas festas, que sonhava com desenhos de Paris, agora tinha sua própria loja.

Observei um vestido na vitrine verde-água e me lembrei de como ela gostava daquela cor. Sempre dizia que as cores do oceano eram as que combinavam com uma mulher, porque não vestiam só um corpo, vestiam uma alma. Será que essa mesma mulher desenhava vestidos? Ou agora era só a Marshala que assinava e se esquecera de Cecília?

O DIA EM QUE TE BEIJEI 39

Pensei em como ela gostava de contornar as estrelas com os dedos e desenhar roupas no céu. Sorri com o pensamento. Eu pensei com tristeza que conhecia tudo da Cecília, e talvez não soubesse nada da Marshala.

Aproximei-me da entrada da loja e uma mulher me olhou com estranheza. Receei que já soubesse quem eu fosse. Ela tinha um olhar superior.

— Pois não? O que deseja?

— Tenho um horário marcado com Cecí... com lady Marshala.

— Como é o nome do milorde?

— Sou milorde Piter — menti.

Ela abriu um livro de registros e procurou por meu nome.

— Ah, sim, o senhor quer encomendar roupas para sua mulher? — ela perguntou.

— Prefiro especificar direto com lady Marshala — comentei, de forma rude.

— Eu sou a desenhista, então terá que contar seus planos a mim — falou, sentindo-se ofendida.

— Não se ofenda, mas me disseram que ela é a melhor de Londres, então prefiro conversar com ela.

O assunto estava encerrado.

— Ela virá atendê-lo — a mulher falou, dando-me as costas com desdém, e saiu, creio eu que para chamar Cecília.

Observei outras mulheres trabalhando pelo local. Os negócios estavam evoluindo. Fiquei orgulhoso.

Aguardei e logo a vi entrando, linda, feito uma deusa perfeita e sorrindo, até seu olhar se encontrar com o meu. Seu sorriso se aplacou no mesmo instante, seus passos congelaram e sua testa se enrugou.

— Não trabalho para você. Retire-se, por favor? — ela falou, apontando para a porta. — Helena — ela chamou a mulher que minutos antes falou comigo —, acompanhe esse homem até a porta, por favor.

— Não pode recusar costurar para mim, Cecília. Não se eu pagar. A não ser que seja incapaz! — Coloquei-a em julgamento, não a deixando me expulsar, colocando seu orgulho à prova.

Poderia enxergar o furor em seus olhos.

— Não conhecemos nenhuma Cecília aqui, meu senhor. Deve ter se confundido de estabelecimento — ela me repreendeu.

Maldita! E como ficava linda quando esbravecia.

— Desculpe-me. Eu confundi. — Resolvi apelar. — Cecília era uma antiga bruxa que conheci da cidade que vim, Guildford. — Você é muito parecida com ela, uma semelhança impressionante e confundi o nome.

Era uma ameaça sútil. Muito sútil, mas soube perceber o efeito que surtiu em seu semblante.

— Está perdoado. Vamos, vou atendê-lo em minha sala. Pode deixar que resolverei isso, Helena — ela falou, acalmando a amiga.

Fez sinal para que eu a acompanhasse. Segui-a por um corredor estreito que levava até uma pequena sala aconchegante, provavelmente era onde ela vendia os seus vestidos para as mulheres mais elegantes da cidade. O pequeno lugar tinha seu charme. Uma mesa no centro estava repleta de tecidos, papéis por todos os cantos e ao redor três poltronas confortáveis de madeira escura revestidas de camurça. Uma manequim feita de pano estava em um canto, toda espetada de alfinetes e com uma fita pendurada e, em outro lugar mais afastado, uma grande cômoda cheia de gavetas nas quais ela guardava mais tecidos, imaginei.

Ela me deu o caminho e, quando passei, fechou a porta atrás de nós.

Antes de me encarar, passou as mãos por seu pescoço, como se estivesse cansada. Creio que realmente estava. Não sei se da vida ou de mim. Depois me encarou, com desânimo.

— Creio que me ameaçar seja a única forma de conseguir me ter por perto, Vicenzo. Como você é pobre de amigos e de espírito!

Se as palavras eram para me ferir, ela conseguiu. Ela tinha esse poder. Sempre teria.

— Na verdade, eu só gostaria de comprar um vestido para uma amante — desferi as palavras sem pensar, porque queria feri-la também —, e você foi recomendada como a melhor, mas creio que me disseram errado. Não me parece ser profissional. Devo procurar outra?

Ela ergueu o olhar e senti que seu orgulho se ergueu junto.

— Não será necessário. É só me dizer do que precisa.

— Algo elegante.

— Que cor o milorde pretende comprar para a dama?

Nada poderia ser mais cruel, mas eu queria que ela compreendesse que eu estava ali por ela, e não por outra.

— Verde-água. Algo que me lembre da cor do mar do Caribe, das águas que vi em uma viagem que fiz uma vez e nunca mais esqueci.

As águas que tantas vezes contei a ela e que disse que molharíamos os pés juntos.

Vislumbrei seu olhar se apagar por um instante, mas ela se recuperou rapidamente.

— Tenho um modelo pronto na vitrine se assim o desejar.

— Desejo algo exclusivo... — rebati.

— Creio que nossa modista, Helena, possa desenhar o que o milorde desejar.

— Quero algo para a noite, nada escandaloso, algo moderno e que seja para uma dama de respeito.

Ela deixou escapar um sorriso de desdém.

Sim, porque eu havia dito que era para um amante e agora queria algo de respeito. Era incongruente. Mas, na minha mente, eu estava comprando um vestido para Cecília. Ela só não sabia disso.

— Algum problema? — perguntei.

— Nenhum, milorde, nenhum! Que tamanho devo fazer?

— Pode fazer como se fosse para você. Deve servir. Será um presente, então a dama não virá prová-lo. Quando devo buscar?

— Em uma semana.

Minha cara de espanto ficou óbvia. Era muito rápido para o que estava acostumado.

— Temos muitas pessoas trabalhando aqui — ela respondeu a minha pergunta, que rondava a mente.

— Se é só isso que o traz aqui — ela abriu os braços —, pode se retirar. O pagamento é antecipado e deve ser feito com nossa atendente na saída — ela falou, apontando para a porta.

— Não é só isso, Cecília.

— Não sou Cecília! — ela insistiu.

— Quando vou conhecer seu noivo? — insisti.

— Creio que não tenha motivos para que o conheça. Nada mais nos liga. Nada nos prende.

— Tudo nos prende. Somos ligados por nossas almas. — Aproximei-me, respirando seu perfume.

Só então me dei conta de que era o mesmo, porque ela sempre cheirava a flores do campo. Talvez não fosse um perfume, talvez ela cheirasse a jasmim o ano todo.

Eu desejava tanto beijá-la, de uma forma que me fazia meu corpo latejar, meus lábios queimarem e toda minha pele arder. Ergui minha mão até ficar próxima ao seu rosto, deixando-a pairar sobre o ar, porque me lembrei de como era sujo e de como ela era pura. Eu não poderia tocá-la.

Mordi meus lábios por dentro de forma cruel, lembrando que naquele momento era errado querer beijá-la.

Afastei-me e encarei-a por um longo tempo, perdido em meus próprios pensamentos, em meus próprios demônios, porque não sabia como reconquistar a mulher que era a razão do meu viver e das batidas do meu coração quando era um homem inválido de sentimentos, destruído de todas as formas de tocar. Não conseguia sequer beijar a mulher que amava.

Ela me encarava com um misto de magia e ódio que pairava em seu olhar, enquanto piscava sem compreender as minhas atitudes e seus próprios sentimentos.

— Saia daqui! — falou, quando por fim recuperou o seu bom senso. — Você destrói tudo que toca, Vicenzo, e espero que não ouse me tocar outra vez — ameaçou-me, com os lábios tremendo.

Eu assenti, porque ela tinha razão. Eu destruía tudo. Era isso que Amália, minha falecida mãe, tinha dito em seu leito de morte. Foram suas últimas palavras. *"Você destruiu minha vida. Você destrói tudo que toca"*. E ela tinha razão.

Assim como Cecília.

Eu precisava de ajuda, mas não tinha a quem recorrer. Era um homem cheio de posses, de um título de respeito, a quem se estendia um tapete aonde quer que chegasse.

Mas era só isso! Eu não tinha ninguém. Era um homem solitário, descobrindo que amar pode doer, pode doer muito!

Dei-lhe as costas, entrei na minha carruagem imponente, talvez a mais luxuosa de toda a Londres, e voltei para a minha casa, também ostensiva.

Entrei na banheira de água fria, porque não esperei que aquecesse, e fiquei me esfregando por toda tarde, olhando para a água límpida que não tirava a sujeira que insistia em impregnar em meu corpo, porque já estava impregnada em minha alma.

PAULA TOYNETI BENALIA

Capítulo 7

"Hoje eu fiz dois vestidos lindos e coloquei dentro de uma caixa. Um para você, mãe, e outro para minha irmã. Eles não devem ser entregues, mas quem sabe um dia. São das suas cores preferidas. A saudade é algo que o tempo não leva embora. Eu insisto em dizer isso em todas as cartas. Sinto falta dos abraços e principalmente de alguém para me aconselhar. Creio que amar seja algo que não foi feito para mim e sou tola em acreditar que o sol trará o remédio para o meu esquecimento. Talvez o seu chá trouxesse, porque ele é carregado de carinho, é um afago sem igual.
(Cartas para Guildford nunca enviadas, Londres, 1802.)

MARSHALA

Helena estava sentada desenhando algo que parecia sem sentido e que se tornaria um vestido deslumbrante no final. Ela levantou os olhos e me encarou com o rosto cheio de perguntas não ditas.

Comecei a dobrar alguns tecidos que pela manhã se acumulavam pelas constantes visitas de clientes naquele horário e que se acalmavam perto horário do almoço.

Incomodada por meu silêncio, ela não se conteve.

— Creio que o *lord* que saiu não era um cliente qualquer. Receio nunca tê-lo visto por Londres, mas, por sua carruagem e brasão, era alguém muito importante.

— Era só mais um homem escondendo-se do mundo para comprar um vestido para uma amante.

— Humm... E por que você ficou pálida por sua presença? Conhece a amante? Ou você é a amante?

Somente Helena teria a audácia de fazer tal pergunta conhecendo-me e sabendo quão discreta eu era.

— Nenhuma das duas coisas. Apenas um velho conhecido.

— Por que nunca fala do seu passado, Marshala? Creio que já passamos da fase que eu era uma completa estranha a você e somente sua sócia nos negócios. Pode confiar em mim. Você sabe disso, não é?

Parei o que estava fazendo e olhei para ela, que me encarava.

— Não tem nada a ver com confiança, Helena. Eu conheço você há pouco tempo, mas o suficiente para deixar a minha vida em suas mãos porque sei que você daria a vida por qualquer pessoa com quem se importa. Essa é você — expliquei, e ela abriu um sorriso cheio de emoção. — É só que eu sou outra mulher, que se esqueceu de um passado que a machucou profundamente. E eu já aceitei o que tenho hoje. Sou feliz assim. Agora ele veio me assombrar, e não o quero de volta. Nada daquele passado me importa! — menti.

Era uma mentira que tentava me convencer todos os dias, que nada do que ficou para trás me importava. Mas, sim, tudo importava e me feria como no dia em que saí de Guildford.

Minha família, as pessoas que tinha contato, a cidade bucólica que era meu lar, ele...

Ela assentiu em compreensão. Eu tinha certeza de que ela compreendia. Tinha uma família que muito a tinha humilhado e que, a cada passo de sucesso que ela dava, fazia questão de se colocar na frente para tentar roubar algum brilho ou dinheiro.

— Desculpe-me. Eu não tocarei mais no assunto.

Balancei a cabeça, agradecendo sua compreensão.

— Diga-me o que o seu amigo queria então. Vamos ao trabalho.

Fiquei olhando para os tecidos que tinha na minha frente e por um longo tempo decidindo que cor escolheria. Eu não deixaria que a mulher que estava com ele usasse a mesma cor que tanto sonhamos dos vestidos que eu faria para viajarmos juntos. Escolhi um bege pálido e entreguei para Helena.

— Precisa desenhar algo para esse tecido. A dama que o usará é vulgar, então faça com fendas e decotes. Ao que conta, ele a encontrou em algum bordel.

— Nataly deve conhecê-la? — perguntou.

Gargalhei.

— Nunca que alguém que saísse com aquele cavalheiro teria a classe das mulheres do seu clube.

Rimos juntas e passamos a tarde em cima de trabalhos pendentes.

Quando anoiteceu, encontrei Rafael esperando-me na porta da loja. Encostado em sua carruagem, ele abriu um leve sorriso quase imperceptível e, em seguida, sua expressão séria voltou a tomar conta do seu rosto.

— Boa noite, Marshala.

— Olá, milorde. O que o traz aqui?

— Creio que precisamos manter algum contato para que o noivado dê certo.

Abri um sorriso melancólico. Há tempos eu tinha perdido a ilusão de ser cortejada, de grandes amores…

— Creio que o horário seja impróprio — comentei, querendo, na verdade, que ele se fosse.

— Sim, creio que sim, se fosse para qualquer outra dama! — ele garantiu.

— Assim me ofende — rebati. — Está dizendo então que não sou uma dama de respeito?

Ele ergueu uma sobrancelha diante da declaração.

— Não, apenas sei que não é ligada a convenções bobas. Nunca a desrespeitaria. Aliás, esse é o motivo de estar aqui. Vou dar um baile para apresentá-la para a sociedade como minha noiva. Gostaria de saber se está disposta a marcarmos a data.

Bailes… jantares… Eu odiava esses eventos. Aparecer de forma tão visível era uma ideia repugnante.

Abri um sorriso, tentando ser convincente.

— Só me dizer quando e onde.

Era o momento exato para que Vicenzo me visse nos braços de outro homem e me deixasse em paz.

— Devo convidar alguém especial de seu interesse? — ele perguntou.

— Alguns amigos. Duque de Misternham e sua esposa, o barão de Goestela e também sua mulher e o duque de Lamberg.

Ele me olhou com espanto.

— Não acha digno que eles estejam na sua festa? — perguntei, com raiva.

Era sempre assim! Helena era um escândalo e Nataly, uma cortesã. As pessoas costumavam fingir esquecimento das duas em suas listas de convidados.

O DIA EM QUE TE BEIJEI

Ele balançou a cabeça, negando.

— Só estou curioso como conhece o duque de Lamberg. Parece-me que muitas pessoas o convidaram para festas desde que se teve notícia de sua presença em Londres. Ele recusou todos os convites. Por que aceitaria o seu?

— Ele é um velho conhecido e, se citar meu nome no convite, ele aceitará.

Assentindo, ele não disse mais nada. Apenas se aproximou, pegando minha mão. Com cuidado, tirou minha luva e depositou um beijo ali, de forma que seria considerada escandalosa e suficiente para que fôssemos obrigados a nos casar com urgência.

Esperei o fogo que me consumia quando Vicenzo me tocava tomar meu corpo. Rafael era um homem bonito, elegante e muito galanteador, apesar do mau humor constante que era sua marca. Mas nada! Nada me tomou. Foi como se uma pedra de gelo tivesse me tocado.

Ele vestiu minha luva novamente e me deu as costas, partindo.

Minha boca secou diante das lembranças que aquilo tinha evocado em mim... Um toque que acendia meu coração e um beijo que me levava para lugares além de Guildford na época.

O que seria da minha vida? Eu passaria o resto dela comparando o que teria com qualquer homem a Vicenzo?

Não, não era possível! Talvez um homem que não fosse tão sério, que me deixasse mais à vontade...

Pensei em como era fácil com os homens. Eles poderiam contratar uma cortesã e se divertir para esquecer o mundo.

Algo se acendeu dentro do meu pensamento! Sim! Era a solução! Se no clube Deusas de Londres sempre existiram mulheres que vendiam seus corpos, eu poderia encontrar um homem que o fizesse.

Com toda certeza alguém experiente e que me deixasse à vontade poderia muito bem me fazer esquecer Vicenzo.

Seria essa a minha despedida da vida de solteira! Rafael nunca me viu como uma moça pura, ele compreenderia se não encontrasse uma virgem inocente.

Por fim, a aparição de Vicenzo tinha algum sentido. Eu poderia recomeçar a minha vida que ficou estagnada, presa a algo de Guildford que eu nunca teria. Ele começava a me mostrar que o ódio que eu sentia por ele tinha superado todo o amor. Sim, tinha. Eu tinha certeza disso.

Balancei a cabeça, olhando para o céu que já estava estrelado naquela hora, percebendo quão mentirosa eu me tornara.

Capítulo 8

"Eu continuo vivendo em algum lugar do meu ser o nosso pequeno conto de fadas. No meu quarto, que seria nosso, ainda mantenho o baú com o seu enxoval que comprei. Deito sempre no mesmo local da cama, imaginando que você está ao meu lado, e mantenho joias que compro para você como presente do nosso amor."

(Cartas para Cecília, Guildford, 1802.)

VICENZO

O terno elegante, uma casaca e um colete azul-marinho, em contraste com a camisa branca de casimira, escondiam o verdadeiro homem que estava por trás de tudo isso.

Olhei para o convite que tinha em mãos e pensei outra vez se seria uma boa ideia ir ao noivado de Cecília. O papel veio como um convite particular da própria Marshala, lembrando-me de que a Cecília estava morta havia muito tempo.

Vê-la nos braços de outro me consumia por dentro, então, quando implorei para conhecer seu noivo, foi um blefe, porque jurava que ela estava mentindo.

Como poderia ter seguido sua vida e me esquecido?

Ela era como uma planta que se enraizava no meu peito, algo como uma peste que nada disseminava.

Imaginei por muito tempo que o sentimento que nutrimos também a contaminava e ela seguia a vida sem sentido como eu, esperando pelo dia que ficaríamos juntos.

Estava enganado. Ela iria casar-se com outro e eu precisava lutar contra isso, só não sei se teria calma suficiente para não matar o tal homem que teria o orgulho de apresentá-la à sociedade nesta noite.

Sabendo que não tinha outra opção, pedi que a carruagem seguisse o caminho.

A casa do marquês estava repleta de carruagens nas quais os convidados mais bem distintos da sociedade tomavam rumo à porta da mansão de três andares que abrangia toda a rua.

Desci e de longe pude avistar o marquês recebendo os convidados. E, então, ela surgiu ao seu lado e senti como se tivesse levado um soco no estômago. Ela vestia uma seda de cor verde-água, aquela que ela amava e compartilhava comigo em seus sonhos. Agora ela se vestia como em sonhos para outro.

Respirei, tentando absorver sua beleza. Seus cabelos estavam presos em um coque que deixava somente alguns fios caídos sobre a testa e ela sorria; sim, para alguém que não era eu.

Aproximei-me dos dois e fui recebido com uma curta reverência dela, que me olhava com certo constrangimento.

— Bem-vindo, milorde! — falou, como se eu fosse um homem qualquer, e não o Vicenzo que ela conhecia.

Cumprimentei o marquês e não perdi a oportunidade que precisava.

— Conceda-me uma dança em sua caderneta? — pedi, na frente do noivo, sabendo que seria deselegante recusar meu pedido, mas, se estivesse sozinha, ela com certeza o faria.

— Ah, sim — disse, de forma quase inaudível e anotou o meu nome na pequena caderneta que estava pendurada em seu braço com uma fita de cetim branca.

— A primeira? — indaguei.

— A última, milorde — ela respondeu, sorrindo de forma irônica.

O barão saiu por um instante para cumprimentar alguém que o chamava.

— Dizem que se deixa para o final as melhores coisas... — sussurrei, para que somente ela escutasse.

— Não se engane — ela falou, encarando-me com o mesmo sorriso falso —, pois costumo deixar o que me enoja para o final, evitando passar mal no começo da festa.

— Mentirosa! — resmunguei, baixinho.

— O mestre das mentiras sempre foi você, milorde. Talvez eu tenha aprendido com o melhor.

Ela desviou-se de mim e foi encontrar com o noivo, ignorando-me.

Esperei por um tempo e, só então, criei coragem para enfrentar aqueles eventos cansativos. Pessoas e mais pessoas sendo apresentadas a mim, mães empurrando suas filhas e esperando que eu dançasse ao menos uma valsa com elas, homens buscando aliança política ou somente o privilégio de conversar com um duque de uma linhagem tão importante quanto a minha.

Recusei com maestria os pedidos de dança e consegui me encostar a um canto reservado do grande salão, saboreando um copo de uísque.

Mas não a perdi de vista, nem por um segundo. Decorei todos os seus sorrisos dessa noite, porque conhecia-os muito bem e eles não se perderam com o tempo. Ela ainda colocava a mão sobre o pescoço quando sorria com nervosismo, ainda entortava mais um lado dos lábios quando estava sorrindo de forma falsa, mostrava demais os dentes quando queria algo.

Eu conhecia as centenas dos seus sorrisos e nessa noite ela só não sorriu com as mãos sobre os lábios. Esse sorriso era o que ela me dava quando dizia que me amava e estava envergonhada ou quando eu roubava um beijo sem aviso. Quando lhe presenteava, quando me declarava a ela.

Seu olhar se cruzou com meu. Mesmo no meio da multidão, ela sentiu o meu olhar.

Paralisada, ela ficou me olhando por algum tempo, até que seu sorriso foi se apagando.

Não desgrudei meu olhar do seu; se quisesse, então que ela mesma desviasse.

Fiquei ali, observando-a dançar com outros, no braço do noivo, até chegar a minha vez.

Fui ao seu encontro e estendi a mão, que ela pegou com receio.

E foi como se nunca nos tivéssemos afastado. Senti todo o fogo percorrer o meu corpo com seu simples toque. Ela se retesou, afastando-se.

Puxei seu braço, não a deixando se afastar e a trouxe junto ao meu corpo, passando um braço por sua cintura enquanto o outro a conduzia na lenta valsa que começava.

— Sente isso? — perguntei, bem perto do seu ouvido, pensando por alguns instantes que seria eu a perder as pernas por sua proximidade.

Ela era como torrente de águas fortes que me levavam por um caminho que eu não conhecia, mas era onde eu desejava estar.

Os seus braços eram o meu abrigo, a minha paz e, paradoxalmente, a minha tormenta.

— Tudo que consigo sentir nesse momento, milorde, é pena de você — ela sussurrou —, por saber que faz papel de bobo neste salão ao desejar algo que nunca mais terá, sabendo que sou de outro agora.

— Você pode estar nos braços de outro, mas isso não significa que seja dele. Você sempre será minha, Cecília. Diga-me que não sente, que não ferve seu coração quando me toca?

— Eu sinto muitas coisas quando me toca, Vicenzo, e meu coração realmente ferve, mas de raiva!

Fechei os olhos e deixei minha mão subir escandalosamente por suas costas até encontrar os fios de cabelos que se soltavam do coque.

— Você mente — afirmei, porque sentia a sua respiração ofegante por meus toques. — Se eu te beijasse agora, você deixaria sem nem se lembrar de onde está.

— O que quer? — Ela se afastou e me olhou com mágoa. — Você me deixa no altar depois de promessas de amor infinitas e volta anos depois para me atormentar quando custou muito seguir minha vida. O que quer, Vicenzo?

— Quero você de volta, quero provar que ainda sou o mesmo que você amava e que a mereço, nem que tenha que provar isso para o resto da vida.

A valsa terminou, fazendo-a se afastar. Foi como se até meus ossos congelassem.

— Não se pode provar amor quando não se aprendeu a amar. Você não sabe nada sobre amor e não consegue nem me dizer os motivos que o levaram a me abandonar. Receio que agora nada mais importa, não de você.

Ela fez uma curta reverência e saiu, dando-me as costas e deixando sua beleza por onde passava, como uma deusa.

Saí do salão sabendo que precisava de muito mais para tê-la de volta. Mas tudo parecia remeter ao dia em que a deixei, aos meus motivos.

Mordi os lábios, até sentir a dor chegar, sabendo que ela nunca poderia saber da verdade, porque existem coisas que um homem precisa levar para o túmulo e essa era uma delas.

Talvez se ela se lembrasse de como era me beijar... Passei as mãos pelos cabelos perdido e, então, avistei-a saindo em direção a uma carruagem alugada, sozinha!

Acelerei meus passos e parei, escondido atrás da carruagem, espiando-a subir com a ajuda do cocheiro. Quando ele se afastou, corri ao encontro da porta, sem me preocupar se poderia ser visto. Eu só precisava de um instante a sós com ela. Abri a porta e olhei para ela, que cobriu a boca contendo um grito de susto.

Não me importei com mais nada, eu só precisava beijá-la, nada mais!

Paula Toyneti Benalia

Capítulo 9

"Por alguns instantes tenho alguns surtos de saudade e me imagino chegando a Guildford, correndo feito uma louca e abraçando todos vocês. Sinto muito a falta de um abraço, mas na memória surge a imagem de Vicenzo e, então, tudo se torna escuro e confuso. Creio que nunca vou superar a saudade nem as perdas."

(Cartas para Guildford nunca enviadas, Londres, 1802.)

MARSHALA

Imaginei muitas vezes como seria beijá-lo novamente. Na verdade, imaginei centenas e centenas de vezes.

Imaginei-me com ódio e dando tapas nele depois do beijo, imaginei que sentiria nojo ou repulsa... eu imaginei tantas coisas. Só não imaginei meu coração explodindo dentro do peito, minhas mãos suadas indo ao encontro do seu cabelo enquanto sua língua pedia pesagem para o meu mundo. Pedia não, implorava.

Não imaginei meu mundo caindo e indo de encontro a um mundo que imaginei não existir mais, nossas línguas dançando em um ritmo perfeito, porque, sim, elas se uniam de maneira perfeita, enquanto ele segurava meus braços e os erguia para cima das nossas cabeças, privando-me de movimentos, a não ser o ritmo perfeito da minha boca que gemia com a sua.

Não estava preparada para perder as forças das pernas e ir caindo no precipício que ele me jogava sem permissão e, ao mesmo tempo, podendo tudo, porque nesse instante ele me dominava, sem restrições.

Sua boca era macia, seus lábios perfeitos que não tinham piedade dos meus e os massacravam, deixando claro que nunca, nunca eu seria beijada por outro da mesma forma, porque não era um beijo, e sim muito mais que isso.

Era amor.

Ele gemeu e se afastou para recuperar o fôlego, encontrando sua testa na minha.

Aspirei seu cheiro, que era perfeito, amadeirado, e que nunca senti igual, porque era cheiro de saudade...

— Não há nada que possamos fazer contra isso. Estamos marcados por esse amor e o tempo não apagou uma faísca.

Tentei abaixar as mãos, buscando me esconder de alguma forma, porque estava exposta, com os lábios abertos, sem saber o que dizer, os grampos do cabelo soltando, como uma imbecil que se entregava depois de tantas decepções. Ele não as soltou, deixando-me presa a si.

— Solte-me... — pedi. — Eu preciso que me solte.

Ele obedeceu e, quando fiz menção de abaixar os braços, ele se afastou em um pulo, ficando distante.

A carruagem sacolejava, então me dei conta de que estávamos indo para minha casa.

As velas iluminavam seu rosto, que parecia apaixonado, mas tinha medo nos seus olhos.

— Qual o seu segredo, Vicenzo? Nunca me disse o motivo de me abandonar no altar e mesmo assim me procura, mas tem no momento o mesmo olhar de pavor de quando o toquei e você saiu correndo. Fiz errado? — perguntei, magoada.

Nunca tinha estado com nenhum outro homem que não fosse Vicenzo e beijos eram as únicas coisas que tínhamos compartilhado.

Eu não era mais aquela moça ingênua que não tinha ideia do que acontecia entre um homem e uma mulher, mas, na prática, continuava sendo ignorante.

— Você seria incapaz de fazer errado e, mesmo errando, você mudaria as leis do universo e tornaria seus erros os melhores acertos — disse a mim.

Balancei a cabeça. Era muito injusto que ele fizesse isso comigo. Não era amor! Era obsessão, porque quem ama não fere o outro.

Olhei nos seus olhos e decidi que ele não tinha o controle. Eu sempre tive o controle de tudo que fiz depois de que cheguei a Londres e odiava que ele aparecesse e bagunçasse tudo sem permissão.

— Vicenzo, esta é sua última chance de me dizer toda a verdade, o porquê de tudo aquilo, por que me abandonou, o que esconde. Se não me disser, quando descer desta carruagem, vou enterrá-lo de novo no meu coração como fiz anos atrás.

— Por que precisa saber? Não é suficiente que eu esteja aqui e que estarei para todo o sempre? — ele implorou, também com seu olhar.

Coloquei a mão sobre a boca, tentando buscar palavras.

— Quando eu era criança, costumava andar com meu pai a cavalo. Muitas vezes ele me colocava em cima do animal e me ensinava a segurar as rédeas, enquanto ia ao meu lado, conduzindo-me com paciência. — Abri os braços ao me lembrar da cena. — Um dia algo assustou o cavalo e o seu galope foi mais forte do que meu corpo poderia suportar. Meu pai estava distraído, longe o suficiente para não conseguir me segurar. Naquele dia, eu caí. Engraçado que não fiz nada, nem um arranhão sequer, mas nunca mais confiei em meu pai para me levar para andar a cavalo novamente. Na verdade, eu nunca mais montei em um. Compreende?

Ele balançou a cabeça, negando, mas sabíamos que compreendia muito bem.

— Naquele dia meu pai quebrou a minha confiança de alguma forma. Foi exatamente o que você fez, Vicenzo. Podemos fingir que tudo ficará bem, no entanto, estarei andando em cima daquele cavalo, com medo de ficar sozinha a qualquer momento e cair novamente. E, com você, diferente daquela vez, eu me machuquei. Na verdade, as feridas nunca cicatrizaram na sua totalidade.

— E se você descobrisse que precisa subir no cavalo para sobreviver? — ele perguntou.

— Eu diria que aprenderei a andar sozinha, porque aí saberei exatamente aonde estou indo e que não preciso confiar em ninguém que não seja eu mesma — falei, com sinceridade.

Eu estava galopando sozinha na vida há algum tempo; era triste, mas eu sabia exatamente a que me agarrar e quando descer. Não tinha surpresas no caminho.

— Ninguém nunca é forte o suficiente para se manter em pé sozinho.

Ele me fitava com olhos severos, como se repreendesse uma criança.

— Tem razão, mas prefiro levar tombos sozinha, porque sei o que esperar. Prefiro cair sem contar que ninguém vai me segurar. Sofro as dores do tombo, mas não da decepção.

O DIA EM QUE TE BEIJEI

Seu olhar foi de medo para dor no mesmo instante.

— O que eu fiz com você? — ele sussurrou.

— Fez-me acreditar em fantasmas e não em príncipes... — falei, abrindo um sorriso triste.

Ele estendeu a mão e tocou meu rosto. Fechei os olhos, sentindo seu toque e sabendo que seria o último. Eu não o deixaria me tocar novamente, porque cada vez que o fazia levava uma parte de mim consigo. Eu estava fragmentada por seu amor.

— Diga-me, diga-me que não deseja me ver nunca mais, que não anseia por meu toque, que não sonha com nosso amor. Diga-me que não, então darei as costas sem nem olhar para trás.

Senti algo escorrer por meu rosto, mas só quando o gosto salgado tocou minha boca pude perceber que era uma lágrima, uma lágrima minha.

Eu tinha consciência do que precisava, mas como dizer para o seu coração que ele precisa bater sem o sangue para bombeá-lo?

Ele levou seu polegar até o meu olho e colheu uma lágrima que lá se formava.

— Se não pode me dizer o que o fez desistir de tudo, não me merece, Vicenzo. E, se realmente me ama ou me amou em algum instante da sua vida, vai me deixar em paz, porque preciso prosseguir.

Ele assentiu, afastando-se, derrotado.

— Ele vai te fazer feliz? — perguntou.

As palavras me desolaram. Eu deveria confessar que não, que nunca ninguém mais que não fosse ele me faria feliz. Mas não o fiz.

— Ele não vai me abandonar! — Foi minha resposta.

A carruagem parou no mesmo instante, fazendo-o abrir a porta e sumir na escuridão, antes mesmo que o cocheiro se desse conta. Coloquei a mão sobre a boca e abafei meus soluços, não me lembrando de qual foi a última vez que chorei e de como precisava disso.

Capítulo 10

"O passado sempre fica entre as pessoas, e eu desejaria que não entre nós. O meu passado é sujo e você é a coisa mais pura que tive na vida. Não se pode misturar coisas tão distintas."

(Cartas para Cecília, Guildford, 1802.)

VICENZO

O dia já amanhecia, e eu era incapaz de sair da banheira. Meu corpo tremia. A água estava gelada e era como se pequenas agulhas perfurassem todo o meu corpo. Na verdade, a água estava congelante.

Olhei para as minhas mãos. Eu as esfregava desde a noite anterior e pequenas fissuras de sangue escorriam por meus dedos.

E elas continuavam sujas...

Joguei água nelas e peguei a bucha novamente. Senti o ardor ao passar o sabão por cima dos ferimentos, mas, mesmo assim, continuei, sem ter noção do tempo.

Eu só precisava me limpar para ela. Era só isso.

Senti que meu coração se congelava com a água, frio e desiludido.

Cecília partira de novo, escapara dos meus braços, e eu era incapaz de lutar por ela. Porque continuava sujo, sempre imundo.

Como poderia merecê-la, como poderia tocá-la dessa forma?

No entanto, eu cuidaria para que ela fosse feliz. Era isso que eu faria.

Quando o sol já estava alto, Rui entrou no quarto.

— Milorde. — Ele baixou, reverenciando-me. — Creio que já é suficiente. Precisa sair.

Ele me conhecia tão bem. Era meu *valet* havia muito tempo. Assenti.

— O que descobriu sobre o conde de Sades? — perguntei, levantando-me da banheira.

— Ele é um homem sério, sem muitos amigos, com visão de negócios, gosta de jogos, algumas dívidas...

Assenti, enquanto me trocava.

— Preciso ser seu amigo pessoal. O que podemos fazer para nos unirmos? — perguntei.

Se eu não a faria feliz, garantiria que alguém a fizesse.

— Ele frequenta um clube, milorde, um clube de jogos muito famoso aqui em Londres. Gosta de beber, fumar um bom charuto e jogar cartas.

Assenti novamente. Eu nunca gostei daqueles lugares que sempre envolviam muita prostituição. Sentia repulsa só de imaginar o que faziam com as mulheres naqueles ambientes. Mas era por ela. Sempre por ela!

— Consiga um convite. Prepare tudo para que à noite possamos ir até lá.

— Sim, milorde. Creio que o clube estará de portas abertas para um duque importante como o senhor.

— Obrigado, Rui. Você irá comigo.

— Com sua permissão. — Ele fez uma curta reverência e saiu do quarto quando assenti, dando-lhe permissão.

Peguei entre minhas coisas de banho uma pasta de ervas que há muito era minha companheira e passei por toda a mão, sentindo o ardor da substância em com contato com a pele ferida.

Resolvi passar a tarde no escritório improvisado para resolver as coisas das propriedades e abrir as diversas correspondências que se acumulavam.

Eu precisava voltar para Guildford. As pessoas dependiam de mim para sobreviver e eu estava havia tempo demais afastado dos meus afazeres para com elas.

Decidi que voltaria para lá assim que Cecília se casasse, depois da certeza de que ela ficaria bem.

Quando anoiteceu, Rui já me aguardava na carruagem com o convite para entrada do clube conhecido como *Spret House*: deusas de Londres.

A fachada oponente do lugar mostrava como aquele tipo negócio se proliferava e prosperava na cidade. O aumento da pobreza fazia com que cada vez mais mulheres vendessem seus corpos para sobreviver e a nobreza parecia fechar os olhos e se deleitar dos prazeres que tudo aquilo poderia oferecer.

O lugar estava cheio de homens elegantes bebendo, jogando, fumando seus charutos e com mulheres sentadas em seus colos, debruçando-se sobre as mesas.

Procurei uma mesa em um canto afastado e fui atendido por uma das damas. Os vestidos eram abertos nas laterais, deixando as pernas à mostra e os seios saltavam dos decotes.

— Boa noite, *chérie*. É um prazer tê-lo em nossa casa. Sou Nataly e vou pedir para alguém servi-lo. O que deseja esta noite? — a mulher de cabelos vermelhos me perguntou, sorrindo.

Logo um homem se aproximou e abraçou sua cintura.

— Precisa de ajuda? — ele pediu, gentilmente.

— Não, *mon couer*, só vim dar as boas vindas ao nosso novo sócio, o duque de Lamberg — ela falou, justificando-se.

Imaginei que era ele que já a tinha comprado. Repugnei-me com o pensamento.

— Este é o barão de Goestela — ela me apresentou o homem de sorriso fácil. — Ele é dono do lugar. Sou sua esposa.

O alívio que a palavra esposa trouxe não me passou despercebido. Seria uma tortura, até a noite terminar, ver as mulheres sujeitando-se àquela vida, entregues a um tipo de relação que muitas vezes não tinha o consentimento de um ou era feita por falta de escolhas.

— Só preciso de um copo de *Bourbon*.

— Mandarei servir — a jovem anunciou, fazendo sinal para uma das mulheres que trabalhava no serviço de bebidas. — Se precisar de qualquer outra coisa, pode pedir, que estamos aqui para que sua noite seja a mais agradável possível.

Assenti. Sempre fui um homem de poucas palavras. Quando se afastaram, pude encontrar o que realmente buscava esta noite.

O conde de Sales estava em uma mesa, segurando um punhado de cartas, olhando em volta. Ele precisava de um parceiro.

Levantei-me, arrumei o colarinho da camisa que me sufocava — receio que não por conta do vestuário —, peguei meu copo de *Bourbon* que acabaram de deixar na mesa e fui ao seu encontro.

— Convida-me para uma partida? — perguntei.

Ele levantou o olhar ao meu encontro, franzindo a testa. Havia reconhecimento nos seus olhos e também, descontentamento.

— Conheço você... — Ele parou, como se buscasse na memória.

— Conhecido de sua noiva, Cecíl... Marshala — corrigi-me.

Seu semblante se suavizou com a menção à noiva.

— Pode se sentar, estava procurando alguém para partilhar o jogo comigo.

Dispôs as cartas na mesa, distribuindo entre mim e ele.

— Aceita um charuto? — Estendeu-me. Recusei e o observei acender um para si.

— De onde conhece Marshala? — ele perguntou, curioso.

Virei as minhas cartas, percebendo que tinha uma péssima mão naquela rodada. Nunca fui bom com jogos. Era um azar nato!

— Ela morava em Guildford antes de vir para Londres e lá somos todos conhecidos. Não tem tantos habitantes assim para poder se esconder.

Ele assentiu, jogando a primeira carta.

— Creio que ficará para o casamento, então. Ela me disse que nenhum parente estará presente. Um amigo, creio que seja reconfortante.

Senti meu coração se apertar, sabendo que a ausência dos parentes de Cecília era minha culpa. Eles faziam parte do seu passado, o que ela desejava enterrar.

— E quando será? — indaguei, sabendo que a resposta seria como um punhal no meu peito.

— Final do mês. Receio que uma mulher sozinha em Londres e que deseja se casar não tem motivos para esperar.

Joguei minha carta, que ele descartou com outra mais forte.

— Você a ama? — falei, sabendo que não era uma pergunta a se fazer a um homem. Não em Londres, não no mundo em que vivíamos!

Ele abaixou as cartas, viradas para que eu não as visse, e debruçou-se sobre a mesa, encarando-me com um olhar sombrio.

— As mulheres que amamos, levamos para a cama e depois as descartamos. As com quem casamos, fazemos o favor de não amá-las.

Suas palavras me desolaram. Ela não seria feliz...

— Favor? — indaguei.

— Sim. Quando não amamos, não decepcionamos. E uma relação duradoura precisa da confiança de que você não vá decepcionar.

Entornei o restante de bebida que tinha no meu copo e balancei a cabeça, assentindo.

Talvez ele tivesse razão. Tudo que fiz por Cecília foi decepcioná-la. Ela sabia onde estava entrando, e era isso que ela queria.

Um cavalo que não a derrubaria...
Um abraço que nunca a soltaria...
Um homem que não estava marcado por coisas tão sujas como eu!

— Conheço sua noiva há muito tempo. Tenho certeza de que a relação duradoura vai fazer amá-la. Ela é uma mulher formidável.

Abri um falso sorriso.

Formidável não era a palavra que descrevia Cecília.

Ela era perfeita, era amável, linda, bondosa... *Uma verdadeira deusa*, pensei, lembrando-me do nome do clube.

Eu não diria isso para o conde.

Joguei minha última carta, que ele matou com outra que tinha em mãos.

Olhei-o com tristeza, porque eu perdia muito mais que um jogo, eu estava perdendo para ele a mulher da minha vida, a única que amei e amaria.

PAULA TOYNETI BENALIA

Capítulo 11

"Eu teria quantos filhos? Estaria feliz e sendo amada todos os dias? Estaria gostando de coisas simples como ver as estrelas? Eu tento não lembrar, mas essas perguntas me rondam todos os dias, imaginando como teria sido minha vida em Guildford se não tivesse sido abandonada. Eu tenho um fantasma chamado passado que me maltrata todas as noites."

(Cartas para minha mãe, Londres, 1802.)

MARSHALA

Entrei pelos fundos no clube. Estava disposta a seguir com meus planos. E eles eram esquecer Vicenzo. A qualquer custo!

O clube estava lotado àquela hora e nunca seria o lugar ideal para uma dama.

Mas eu fazia parte desse mundo de alguma forma e minha amizade com Nataly mostrava que ser dama estava muito além do aparente.

Ela era uma dama de alma, mesmo tendo sido por muito tempo uma cortesã.

Procurei por ela no conhecido escritório, e não a encontrei.

Escondi-me atrás da porta que dava acesso ao salão principal e a procurei novamente.

Encontrei-a perto do bar com o marido, Pietro. E, então, meus olhos paralisaram quando, olhando para os homens que ali estavam, encontrei os dois: Vicenzo e Rafael.

Por Deus, o que eles faziam ali, juntos, sentados, jogando cartas como grandes amigos?

Senti minha pele se arrepiar, de ódio, ao encarar o duque, e de desejo.

Ele estava lindo, ele era lindo. Era como se destoasse dos demais. Sua postura tinha prepotência, mas sabia muito bem que, ao abrir o seu sorriso, ele se tornava o homem bondoso que todos amavam.

Menos eu... não... eu não desejava amá-lo!

Mas o sentimento nunca foi extinto, apesar de o meu coração tentar lutar contra ele todos os dias.

Olhei para Rafael, que também era muito bonito, e pensei que estaria me casando com um homem muito desejado pelas mulheres. Isso deveria me fazer feliz. Mas não fazia.

Rafael era como um robô. Seu olhar não demonstrava sentimentos. Era como se estivesse olhando para um boneco vivo.

Já Vicenzo... Seu olhar lia a minha alma, desnudava-me e falava muito mais que suas palavras.

Respirei fundo. Balancei a cabeça.

A noite era para esquecê-lo. Era só isso!

Olhei de longe para Nataly, que, por uma fração de segundos, cruzou seu olhar com o meu. Fiz sinal para que viesse até mim.

Ela assentiu e, deixando os braços do marido, aproximou-se para falar comigo.

Assim que ela passou pela porta, nós nos afastamos para um lugar reservado e longe de todo o barulho.

Não pude deixar de reparar como ela era bonita. Vestia um provocante vestido azul-marinho que eu mesma havia costurado.

— *Chérie*, o que houve? Deixou-me preocupada aparecendo assim na madrugada, no clube. Problemas novamente?

Neguei com a cabeça.

— Preciso, na verdade, de um favor.

— O que precisar, *mon couer*, o que precisar.

Esta era Nataly: bondosa, abrindo o mundo para que pudesse ajudar alguém.

— Pode parecer estranho, e não almejo responder perguntas — eu nunca respondia perguntas e quem convivia comigo já sabia disso —, mas preciso de um homem que vá para a cama comigo. Como as suas mulheres muito fazem, por dinheiro. Mas um homem...

Abaixei a cabeça, envergonhada por meu pedido escandaloso.

Ela parecia escandalizada! E era Nataly, a cortesã mais famosa de Londres tempos atrás.

Por fim, ela tentou abafar um sorriso que enviesou seus lábios.

— Não vai responder as minhas perguntas, então vou me conter. Eu não tenho homens que façam esse tipo de trabalho no clube, mas Pietro tem amigos libertinos do seu passado que aqui frequentam e eles não cobrariam nada para dormir com você. Eles se matariam por isso.

Assenti, em excesso, porque estava nervosa, já que de repente a ideia me pareceu idiota e eu estava apavorada.

— Tem certeza, Marshala? Não sei da sua vida, se já dormiu com outro homem, mas a primeira vez de uma mulher costuma não ser tão agradável se não encontrar um homem carinhoso. É desastrosa sem a ausência de amor.

Mordi os lábios e continuei assentindo. Eu precisava disso. A primeira poderia ser ruim, a segunda seria melhor e era assim que a vida seguia.

— Muito bem, *chérie* — ela passou as mãos por sua saia, como se estivesse desconfortável com a situação. — Vou providenciar alguém e você pode esperar em um quarto que vou pedir para a Ava disponibilizar para você.

Nataly saiu por um instante e voltou com sua dama de companhia, que anteriormente foi uma das prostitutas da casa.

— Ava levará você até o quarto. Vou providenciar alguém que cuide de você como se deve, com o devido respeito, se é que isso pode ser possível nessa situação. — Ela deu as costas e parou, se virando novamente para mim. — Helena não sabe disso, não é?

Neguei com a cabeça.

— Imaginei, *mon couer*. Ela me mataria e eu ficaria extremamente encrencada se esse fosse o caso.

Helena era a mais centrada de todas nós. Apesar de seu gênio forte, ela mantinha as rédeas da sua vida e o marido no cabresto, sempre tentando fazer o mesmo com as amigas.

Esperei-a sair e Ava estendeu a mão em sinal para que a acompanhasse.

Percorri o comprido corredor da casa, admirando a extravagância do lugar. Era lindo e inspirava confiança, provavelmente pelos tons escuros e avermelhados dos veludos. Eu estava nervosa, mas sentia que o ambiente me deixava ansiosa pelo que viria.

Ava tirou um molho de chaves escondido em um bolso do seu vestido e abriu a penúltima porta do corredor.

O ranger da madeira sendo empurrada me arrepiou. Eu não sei se estava preparada para o que viria.

O quarto era grande, uma cama muito maior do que a minha era, adornada por um dossel de um tecido dourado que contrastava com a cama vermelha.

Engoli e respirei profundamente.

— Fique à vontade, querida. Dentro do armário você encontra vestimentas adequadas para o momento.

Olhei com espanto, porque Ava não sabia o que eu fazia ali, porém presumiu. Mas o que uma mulher como eu faria no clube em plena madrugada, procurando por um quarto que era o de hóspedes do lugar?

Andei lentamente enquanto ela saía e fechava a porta as minhas costas.

Puxei o tecido do dossel e me sentei na cama, alisando suavemente o tecido, que era de cetim. Eu poderia não saber nada do que aconteceria nessa cama, mas de tecidos eu entendia.

Meus pensamentos voaram longe, para um momento que imaginei ter deletado da minha mente...

Vicenzo me pegou pela mão e me conduziu até o gramado do seu castelo. Sentamos embaixo de uma árvore e ficamos lá de mãos dadas por tanto tempo que nem saberíamos calcular. Em silêncio, olhando um ao outro. Era como se não existisse mais nada. Só nos dois. As palavras não precisavam ser ditas, porque nosso olhar era suficiente. Então eu o amei ainda mais naquela tarde.

Senti minha visão turva com o pensamento. As lágrimas acumuladas nos cantos dos olhos que um dia olharam para ele com tanto amor e que agora se debulhavam em dor.

Sequei-as antes que caíssem, lembrando-me das promessas que fiz de não derramar mais lágrimas por ele. As promessas de amor também foram substituídas por sofrimento.

Lembrei-me da minha família. Sentia tanta saudade e achava-me covarde por não voltar àquele lugar que um dia foi meu lar. Mas tinha certeza que meu sumiço fora o melhor para eles. Ninguém ali merecia minha vergonha.

Eu seria uma vergonha naquela cidade.

Ouvi alguém abrir a porta e ergui meu olhar até encontrar o rosto de um jovem que não reconheci.

Ele abriu um sorriso de desejo ao me ver.

— Aqui está a mulher que deseja uma noite tórrida de amor? — perguntou-me, com um sorriso perverso.

Desejei sorrir em retribuição, tentando partilhar do seu entusiasmo, mas não consegui. Pensei com desgosto que nunca teria uma noite de amor com ele. Porque ele não era quem meu coração pedia nesse momento. Entretanto, os homens estavam muito acostumados a se deitarem com mulheres por simples prazer.

Por que eu não poderia fazer isso? Deveria ser bom, pensei.

Então desta vez sorri com tristeza, porque bom não deveria ser a palavra que resumiria aquilo. Fantástico, maravilhoso, incrível... Isso, sim, deveria ser a descrição do momento.

Quando uma cliente dizia que o vestido tinha ficado bom, ela falava de forma a ser educada. Não tinha gostado do trabalho. A palavra "bom" nunca tinha sido suficiente para mim. Mas nesse instante ela se encaixava.

Ele se aproximou e senti um arrepio que não era de desejo. Era medo, repulsa talvez.

Seus dedos foram ao encontro do meu rosto, então os passou pela minha boca.

— Você é linda.

Linda... Minha mente voltou a Vicenzo. Era um vício que me consumia, desgastava-me.

O desejo que consumia meu corpo quando ele me tocava e me dizia que eu estava linda era algo que acendia meu corpo; mesmo na minha inocência, eu me incendiava.

Fechei os olhos, tentando imaginar que quem me tocava não era um estranho.

Era isso que os homens faziam quando tentavam esquecer suas paixões. E dava certo. Eu escutava muitas histórias enquanto costurava no meu ateliê.

Percebi que faltaram boas doses de bebida quando os lábios do homem tocaram meu pescoço e ele afastou com os dedos a manga bufante do meu vestido e deixou meus ombros desnudos.

Senti meu estômago embrulhado e uma vontade imensa de sair correndo.

Lembrei-me de uma das frases de Vicenzo que mais marcaram a minha vida: "Quando alguém te toca sem o seu consentimento, pode não te ferir na pele, mas sim na alma para o resto da sua vida. Nunca deixe que te toquem sem que você queira de verdade. E nunca, nunca que beijem seus lábios sem amor".

Naquele momento, ele tocou meus lábios como o estranho fazia agora, mas com amor. Vicenzo me beijou. Um beijo como todos os outros, que me arrebatava, que me levava para algum lugar que era muito próximo do céu, porque via as estrelas que ele me mostrava nas noites que passávamos observando o luar.

Abri meus olhos, pois descobri que não conseguiria mais fazer isso, então me deparei com lábios que vinham ao encontro dos meus.

Paralisei.

Capítulo 12

"Em muitas noites, tento esquecê-la por um instante, temendo minha sanidade somente por alguns instantes, sabendo que esquecê-la por completo seria inútil. Bebo, jogo cartas e olho para o nada, mas no fundo continuo encontrando você. Pergunto-me se você é a minha cura ou a minha loucura."

(Cartas para Cecília, Guildford, 1802.)

VICENZO

Estávamos na segunda rodada do jogo, eu segurava as cartas com uma mão e a outra batia impaciente na mesa.

Esse homem tinha algo por traz do seu olhar. Ele era sombrio. A sua presença me incomodava.

Novamente minhas cartas não eram boas o suficiente para ganhar a partida. Azar e azar.

Minhas palavras haviam se esvaído depois dos seus comentários a respeito do casamento com Cecília.

Como se aproximar de alguém que você odeia?

Era minha pergunta no momento, sabendo que ele não a faria feliz, então uma esperança se acendeu em meu peito. Eu poderia provar a ela que aquele casamento iria feri-la. *Mais do que a feri?* Pensei, com tristeza.

E a promessa de deixá-la ser feliz? Não! Ela não seria feliz, e isso era motivo suficiente para impedir seu matrimônio.

Sempre que pensava em Cecília, algo se tornava diferente dentro de mim. O homem centrado, o duque educado, respeitado e bondoso se esvaía. Meu coração pulsava acelerado e minha mente perdia o controle, pois ela dominava a minha vida, mesmo distante, me enlouquecia e eu me sentia perdendo o juízo a cada instante.

A ideia de colocá-la nos meus ombros, arrastá-la para longe de Londres e desse homem me parecia perfeita agora. Sempre pensei que ela fosse o remédio para minhas dores, mas começava a certificar-me que ela, na verdade, era o veneno que me corrompia, algo que eu não conhecia.

O desconhecido sempre me assustava, mas, com ela, tinha gosto de felicidade... Uma felicidade que eu deixara escorrer por entre os dedos, vivenciando fantasmas do passado.

Se eu a amava tanto, tinha que lutar por esse amor! Não poderia deixar que ela se casasse com um estranho.

Egoísmo e posse tomaram conta do meu ser. Na verdade, compreendi que era amor. Eu a amava muito mais que a mim mesmo.

Joguei as cartas que restavam em mim mão sobre a mesa, perdendo o jogo como previsto.

— Creio que não devo arriscar outra rodada esta noite. Não estou para jogos — comentei.

Estava com a sua noiva em meus pensamentos.

— Deixe-me convidá-lo para ao menos uma última rodada com alguns amigos na sala secreta do clube — ele sugeriu, parecendo satisfeito com minhas derrotas.

O caminho do jogo era perigoso. Suspirei.

— Terá apostas de que valor? — perguntei. Uma sala secreta de jogos não deveria ser um local em que se apostavam ninharias.

Ele abriu um sorriso satisfeito.

— Vamos apostar algo que seja do seu interesse. É só me dizer o que quer.

Ele era homem perigoso, intimidante. A cada momento que compartilhávamos o jogo, eu compreendia algo da personalidade que me era estranho até então.

Teria ele limites? Decidi testá-los.

— Não tenho interesse em dinheiro algum. Quero sua noiva.

Eu tinha consciência de que uma mulher nunca era uma aposta, muito menos Cecília. Mas quem sabe não era o momento oportuno para provar a ela quem era esse homem e fazê-la desistir do casamento?

Ele abriu um sorriso irônico e balançou a cabeça afirmativamente.

— Sempre soube, duque, que compartilhava muito mais que amizade por Marshala. Seus olhos me diziam.

Passou as mãos umas sobre as outras. Estava eufórico.

— Aceito sua aposta. Entretanto, algo assim precisa ser realizado com calma e estrategicamente. Vamos marcar para a próxima semana. Vou combinar com a proprietária do clube. Sem amigos. Eu e você. Mas tem outro inconveniente.

— E qual seria? — indaguei.

— Não creio que Marshala seja uma mulher que aceite se entregar a outro homem por uma aposta. Conheço-a pouco, mas o suficiente para ver nos seus olhos um orgulho que vi em poucas mulheres.

Eu a conhecia muito bem. E orgulho era algo que ela parecia ter adquirido com tanta força que se tornara uma fortaleza ao seu redor. Minha culpa!

— Você desistirá do casamento e o restante ficará por minha conta. Esse será nosso acordo nesta aposta.

Eu só queria que ela fosse feliz. *E ela não seria com ele.* Não! Eu não queria só que ela fosse feliz! Queria que ela fosse minha!

Por Deus, eu estava perdendo o juízo a cada minuto. Apostando a mulher que amava em uma mesa de jogo, como um bem, uma fazenda ou algo assim.

Passei as mãos pelos cabelos. Desnorteado.

Era simples ir atrás dela e contar toda a verdade, pegá-la em meus braços e tomá-la para mim. Por que não poderia ser simples como isso?

Senti meus olhos escurecerem. Eu estava tomado por um fracasso sem fim. Não conseguia falar sobre o passado e isso me fazia incapaz de prosseguir com o futuro. Precisava de mais tempo para recuperar Cecília. Ela não poderia se casar com esse homem, mesmo que precisasse apostá-la em uma mesa de jogos, na qual eu era um péssimo jogador.

Esse era outro problema que eu teria uma semana para resolver.

— Temos outro assunto para resolver, duque — ele interrompeu meus pensamentos —, o que vou ganhar se você perder a aposta?

Ele não pediria qualquer coisa.

— Em Guildford — começou, e senti minhas mãos congelarem —, o sinônimo de sua majestade é sua residência, o castelo, que está situada em cima das montanhas da cidade. O seu palácio, seu refúgio. Quero para mim se perder a aposta.

Não era possível! Cecília já tinha levado a herança da minha família quando colocou fogo na casa de meu pai e agora eu colocava em risco meu lar e muito mais que isso: meu orgulho. Se perdesse o castelo, estaria perdendo muito mais que uma residência, já que possuía muitas. Estaria perdendo minha dignidade perante Guildford.

Era essa a intenção de Rafael.

Eu não poderia voltar atrás. Não agora. E perder a aposta não estava em nenhum lugar dos meus pensamentos.

Assenti, estendendo a mãos.

Era um acordo de cavalheiros.

Um acordo sujo que ele aceitou apertando meus dedos com um sorriso perverso nos lábios.

Odiei nesse momento por me vender a ele, mas precisava de tempo.

Precisava fazer qualquer coisa para não perdê-la.

Diziam que o amor nos deixa loucos, e eu estava seguindo esse caminho.

— Vou me retirar. Vamos nos encontrar em uma semana, neste mesmo clube, na sala privada de jogos.

Assenti e o vi partir.

Desolado, entornei a bebida que durante toda a noite deixara no copo. A dama de cabelos cor de fogo se aproximou.

— Deseja algo mais, *mon couer*?

— Aprender a blefar, sorte no jogo, no amor e algumas coisas mais — falei, com sinceridade.

Ela abriu um sorriso em compressão. O que fez seu marido se aproximar e abraçá-la de forma protetora.

— Sorte não lhe podemos oferecer, duque, mas alguns truques dos jogos meu marido poderia ensinar-lhe se assim desejar. Não é, *chérie*? — Ela abriu um sorriso em direção ao marido.

Eu poderia jurar que ele faria qualquer coisa que essa mulher lhe pedisse. A forma como ele a olhava... Ele a venerava.

— Sim, se é o que deseja — ele falou, estendendo-me a mão.

— Seria de muita ajuda. Eu sou muito ruim com cartas e tenho uma aposta muito importante em uma semana — confidenciei-lhe.

— Se puder me acompanhar à nossa sala privada de jogos, vou lhe ensinar alguns blefes. Esses assuntos de cavalheiros não devem ser tratados em público.

Assenti e me levantei, acompanhando-os.

Só então me atentei ao quanto o clube era grande e luxuoso.

Caminhamos por entre os corredores, que eram verdadeiros labirintos. Portas e mais portas de madeiras fechadas, adornadas por veludos vermelhos que deixavam o lugar deslumbrante. As poucas velas acesas nos candelabros deixavam o recado de que ali ninguém gostaria de ser reconhecido.

Quanto mais nos afastávamos do salão de jogos, mais silencioso o lugar ficava.

Imaginei que a sala privada de jogos ficasse no final do corredor pelo qual caminhávamos.

Escutei um grito abafado de uma mulher.

Parei.

Eu tinha pavor de gritos.

Respirei fundo, lembrando-me que, em lugares como esse, gritos de prazer deveriam ser comuns.

As lembranças do passado vieram como um turbilhão e fui incapaz de mover meus pés.

O casal que me acompanhava deu alguns passos, mas, como não continuei, pararam também e me encararam.

Outro grito, desta vez mais forte, menos abafado. Era uma mulher.

Lembrei-me dos meus... da dor... de tudo...

Tentei respirar, mas o ar não vinha, meus pulmões não me atendiam.

Apertei meus dedos e senti que cortava minhas mãos.

Outro grito e, então, reconheci a voz. Era ela, por Deus, era ela! Era minha Cecília!

Não, não poderia ser!

Eu estava enganado!

O que ela fazia aqui?

Não eram gritos de prazer.

Eram gritos de desespero e eu poderia reconhecer sua voz de longe.

Eu poderia reconhecer tudo que provinha dela. Sua respiração, sua voz, seus gritos e até seu silêncio.

Outro grito!

Ela pedia para parar e alguém não obedecia.

Quando achei que seria incapaz de me mover, meus pés foram ao seu encontro, porque por ela eu poderia mover o mundo.

Por ela eu moveria os céus e as estrelas.

Corri e abri a porta do quarto sem nem saber qual era, mas o fiz e era exatamente o que ela estava, porque eu poderia sentir seu cheiro.

Eu a deixara escapar uma vez, eu a ferira uma vez e somente uma vez...

Mas nunca mais!

Cego de ódio, só pude ver um par de mãos que a tocavam sem seu consentimento e tentavam abrir seu vestido.

Meus punhos cerrados foram de encontro ao infeliz e esmurrei-o, jogando-o no chão.

Um lado meu que desconhecia começou a surrá-lo, então fiquei por cima dele, desferindo socos, em um mundo que só existia uma raiva incontrolável e um rosto que mudava de face e que não era a de um estranho.

Era a face de um velho conhecido que há muito tempo me tinha ferido, como tentava fazer com Cecília.

Alguém tentava me segurar, mas eu não conseguia parar.

Ele tinha que pagar por toda a sujeira.

Capítulo 13

"Muitas vezes, tento reencontrar vestígios do passado em mim, tento não perder tudo do que um dia foi Ceália. É muita incoerência, eu sei, porque fui eu mesma que tentei apagar o passado. Mas dói perder tudo, porque o passado é o melhor de mim. São meus dias mais felizes... e os mais tristes também."

(Cartas para Guildford nunca enviadas, Londres, 1801.)

MARSHALA

Eu pedi para o homem parar de me tocar, mas tinha sido tarde demais.

Ele não me escutava. Estava cego de desejo e seus dedos me tocavam e tentavam abrir meu vestido.

Nunca senti tanto medo em toda a minha vida.

Eu que sempre me senti forte e destemida estava acuada, sem saber o que fazer, paralisada por um medo que me tomava, porque suas mãos eram fortes e eu não tinha poder contra elas.

Tentei me desvencilhar, gritar e nada!

As palavras de Vicenzo bombardeavam minha mente. Nada poderia ser pior do que alguém te tocar sem seu consentimento.

Eu havia sido tola e me colocado em perigo.

A repulsa tomava conta de mim. Eu não queria isso. Precisava de amor para ser tocada, precisava de carinho para ser amada...

Eu não conseguiria...

Ouvi o primeiro pedaço de tecido ser rasgado por dedos cruéis que não atendiam ao meu pedido desesperado de parar e lembrei com tristeza que os gritos de uma mulher em Londres nunca seriam escutados.

Caí em uma armadilha que eu mesma criara.

Outro pedaço de tecido foi rasgado e meu coração ia sendo despedaçado junto. A sensação de estar sendo violada, de impotência, de desrespeito era a pior sensação que sentira em toda a minha vida.

— Solte-me, por favor — falei baixo, quando meus gritos não surtiram efeito.

— Você vai gostar, sua prostituta — ele falou, enquanto suas mãos percorriam meu pescoço e subiam em direção ao meu rosto e meus lábios.

Soltei outro grito, empurrei-o, esmurrei e, então, desisti. Eu estava caindo em um abismo escuro e sem fim. Até sentir o seu corpo nojento sendo arremessado para o chão e perceber que ele estava ali... Vicenzo!

Meu corpo tremia e, sem reação, assisti ao homem bondoso de Guildford espancar sem pestanejar o desconhecido.

Era uma fúria que não tinha fim. Vandick o tentava segurar, mas era incapaz. Ele o mataria, por Deus, ele o mataria.

Eu precisava fazer alguma coisa, senão estaria presenciando a ruína de Vicenzo. Ele não se perdoaria por matar um homem.

— Pare — pedi. Na verdade, implorei. Mas minha voz era fraca, era um sussurro.

Então me aproximei, ajoelhando-me em sua frente.

— Olhe para mim, Vicenzo, eu lhe imploro.

E os seus olhos foram ao encontro dos meus.

Coloquei a mão no seu queixo e o forcei a me encarar.

Meus dedos tremiam. Os seus olhos pareciam distantes dali. Tinha algo muito errado com ele. E assustei-me.

Assustei-me por saber que amava um homem que não conhecia.

Assustei-me porque nesse instante percebi o quanto o amor que sentia por ele era profundo e estava enraizado em meu peito.

Tinha algo que o atormentava terrivelmente. Eu daria qualquer coisa para saber o que o era.

Assustei-me porque poderiam se passar um milhão de anos que os meus sentimentos por Vicenzo seriam os mesmos. Eles poderiam até adormecer, mas estavam lá e, quando acordavam, eram mais vívidos do que nunca.

Também me assustei porque não sabia o que faria com tudo aquilo.

Suas mãos estavam ensanguentadas, então as olhou e depois o homem no chão desfalecido.

Quando voltou a si, levantou-se, tropeçando nos próprios pés, assustado, perdido, envergonhado.

— Eu... eu...

— Vicenzo, você...

Eu não sabia o que dizer. Ele não sabia o que falar e Nataly nos olhava com pena. Vandick se abaixou e colocou o homem nos seus ombros, retirando-o dali. A esposa logo o acompanhou.

— Você está bem? — As palavras de preocupação fecharam a garganta.

Fazia tanto tempo que alguém não se preocupava comigo. Tinha sido fácil viver sozinha, fingindo que tudo estava bem, até ele aparecer.

Ele estendeu as mãos para mim.

Entrelacei-as precisando que alguém segurasse meu coração e vi em seus olhos que ele também precisava que segurasse o seu.

— Sou um homem... sem controle. Sou um miserável, Cecília. Como posso ser um homem para você? — perguntou, mais para si mesmo. — E como posso me afastar de você se preciso do mesmo ar que respira para viver?

Suas palavras atingiram meu íntimo. Feriram-me.

Se ele me amava tanto quando dizia, por que não se abrir e correr ao meu encontro? O que o impedia?

Inclinei a cabeça, olhando no fundo dos seus olhos.

— Eu amo você — ele completou —, mas estou quebrado por dentro e não sei como consertar essa bagunça que fizeram comigo.

E, de repente, a verdade importava mais do que eu poderia imaginar. Não era só meu orgulho, a dor de ser abandonada. Eu precisava ajudá-lo. Tinha algo errado com ele e eu realmente precisava saber o que era.

Abri minhas mãos sobre as suas. Meus dedos vermelhos pelo sangue que escorria dos seus.

Ele estava ferido em todos os sentidos.

— Coloque os cacos quebrados em minhas mãos, Vicenzo. Eu estou pronta para encaixar todos eles e costurá-los para você com meu amor.

Levantando o rosto, ele abriu um sorriso triste. O mais triste que eu já tinha presenciado em toda a minha vida.

— O problema é que não sei se consigo encontrar todos os pedaços. Perdi muitos pelo caminho. Também não sei você merece um homem pela metade. Na verdade, eu sei. Você merece o melhor.

— Eu mereço amar quem eu amo. Mereço fazer minhas escolhas, saber a verdade e decidir o que fazer com elas. Não pode negar isso a mim, nem me proteger. Não sou mais aquela garota inocente de Guildford, Vicenzo.

Ele se abaixou e encostou a testa na minha.

— Não estou protegendo-a, amor meu. Sei que é capaz de lidar com muito mais coisas que a mim. Mas não serei capaz de olhar nos seus olhos quando souber a verdade. Não serei digno de estar na sua frente. Nunca fui. No entanto, sou incapaz de deixá-la partir e ter outro homem.

— Estou aqui, sou sua se quiser. Nada pode mudar isso. É só você querer. É só dizer.

Fechei os olhos diante dos seus lábios que tocaram os meus.

Nunca seria de outro homem. Eu poderia me casar, seguir minha vida, mas meu coração estava com ele. Fazia morada em Vicenzo.

Seus lábios abocanharam os meus e, na ânsia da saudade, agarrei a lapela do seu paletó.

O toque foi suficiente para fazê-lo se afastar.

— Vicenzo... — sussurrei.

Eu não suportaria vê-lo partir. Eu o queria nesse momento, aquecendo meu corpo. Queria me entregar a ele.

— Eu vou te entregar todos os pedaços do meu coração se você aceitar, porém não o tenho inteiro para lhe oferecer. Mas preciso que aceite um pedaço de cada vez. Com tempo...

— Tempo? Eu parei no tempo por você, Vicenzo. Não pode me pedir mais tempo.

— É o que tenho a lhe oferecer.

— Tempo e segredos?

— E amor — ele completou.

— E se eu quiser mais? — perguntei.

— Poderá ter com o seu noivo, mas lhe garanto que não terá amor — afirmou.

— Não pode garantir nada. Não está em posição de me garantir coisa alguma.

— Dê-me uma semana e vou te provar que amor é a única coisa que ele não vai lhe oferecer.

— Eu lhe dou uma semana para me dar um motivo para não me casar com outro e escolher você. Já fui abandonada uma vez e não estou disposta a deixar meu coração em suas mãos para que você o jogue no chão novamente e o parta em mil pedaços.

Afastei-me, dando-lhe as costas e saindo do quarto.

— Cecília? — ele me chamou. — Eu jamais deixaria seu coração cair.

— Então prove, porque, entre quaisquer pessoas no mundo, minha escolha sempre foi você. Mas te quero por inteiro. Mesmo quebrado, junte seus cacos e me entregue, mas que sejam todos os pedaços.

Bati a porta confusa, assustada, mas no fundo feliz, porque uma esperança renascia em meu peito e ela tinha o nome de Vicenzo.

Capítulo 14

"É incomparável o poder de um homem apaixonado. Muitos pensam que o meu poder está em um ducado antigo, mas se enganam. O meu poder vem do coração.
Descobri que posso mover o mundo por você."
(Cartas para Cecília, Londres, 1803.)

VICENZO

Eu aprenderia a blefar.
Eu ganharia o jogo, a aposta é Cecília.
Eu casaria com ela!
Era isso!
Abri um sorriso; na verdade, gargalhei de felicidade.
Eu amava e o amor teria que ser capaz de mover o mundo ou mudar o sentido do meu.
Precisava me reconstruiu ou, ao menos, juntar os pedaços que deixei perdido no caminho. Foi isso que lhe prometi e era isso que faria.
Abri minhas mãos marcadas por toda a dor do passado, as feridas que nunca cicatrizavam expostas por machucados que eu fazia frequentemente, então decidi que estava na hora de enfrentá-lo.
Meus olhos escureceram, minha visão ficou turva de ódio... de medo... de nojo, vergonha.
Eram tantos sentimentos que comecei a tremer. Respirei fundo. Ninguém nunca imaginava que um duque poderoso se transformava em um homem miserável ao lembrar o passado. Mas eu precisava lutar contra isso,

e só indo atrás do que passou seria possível. Assim, eu poderia ser completamente dela.

— Rui — gritei de dentro do meu quarto.

Na verdade, do quarto que ocupava nos últimos dias, fazendo-me lembrar de que minha residência em Guildford estava ameaçada. Eu tinha muitas outras residências, mas apenas um lar e ele estava em Guildford. Esse era o lugar que sonhei para viver com Cecília. No entanto, que sentido teria mantê-lo se a perdesse para aquele homem? *A aposta era a coisa certa a se fazer*, menti para mim mesmo, sabendo que o certo era ter me casado com ela cinco anos atrás.

Covarde era o que eu sempre fui!

Não seria mais!

Rui entrou no quarto.

— Sim, milorde — falou, fazendo uma reverência.

— Preciso que os encontre e os leve para Guildford em uma semana. Os dois — falei de costas para ele. Meus olhos entregariam minhas dúvidas, meus medos, meus anseios.

— Quem, milorde? Não é possível que...

— Sim, Rui, é possível! Sei que está surpreso. Está na hora. Na verdade, passou da hora. Encontre minha mãe e aquele miserável do meu tio e os leve até o castelo de Guildford. Temos contas para acertar. Não se negarão a ir, sabendo que os encontrarei até no inferno, que não têm poderes sobre os meus, que só não os procurei porque não estava interessado e que posso terminar com a vida dos dois assim que estalar os dedos. E minha mãe me conhece bem para saber que sou incapaz de matar um inseto.

Abri um sorriso triste desta vez. Ela me conhecia tão bem. Aquela mulher que não deveria ser chamada de mãe me conhecia como ninguém.

— Perdoe-me a indiscrição, milorde, mas creio que eles o destruirão, e não o contrário.

As palavras de Rui eram de alguém que se importava comigo como poucos, que me conhecia havia tantos anos e sabia o poder que aqueles dois vermes exerciam sobre os meus sentimentos.

Virei-me e encarei-o. Desta vez, com a força necessária que o um duque precisava ter e que o amor de Cecília concedia.

— Não sou mais aquele menino, Rui. Agora, quem precisará de um *valet* para limpar feridas serão eles.

Ele assentiu, mas sua afeição era de preocupação. Imagino que isso se deva pelas suas lembranças que, provavelmente, eram as mesmas que as minhas: compressas com água morna colocadas sobre meu corpo na tentativa de acalmar a dor. Mas dores da alma não se acalmavam com panos quentes. Nós dois sabíamos disso.

Nosso silêncio por anos era a prova de que as feridas continuavam latentes. Mexê-las parecia causar tanta dor...

— Dizem que os ferimentos precisam ser limpos para depois serem curados. É isso que vamos fazer. Eu sei que você sabe onde eles se encontram, Rui. Nunca os perdeu de vista. Não precisa fingir para me proteger. Já o fez por muito tempo. Só os traga para mim.

Ele assentiu e partiu, deixando-me com meus pensamentos.

Estava longe de ser o homem perfeito. O caminho era longo e penoso. Eu iria percorrê-lo nem que precisasse me levantar todos os dias e colocar panos quentes nos meus machucados como na infância.

As memórias me fizeram adentrar a banheira que eu mesmo preparei e tomar um banho demorado na tentativa de me limpar de um passado que nunca saía do meu corpo. Quando as manchas vermelhas começaram a se espalhar por toda a minha pele, pelo excesso de força colocado pelas minhas mãos tentando se limpar da sujeira, decidi sair.

Sequei-me e me vesti sozinho na ausência de Rui. Era hora de procurar Pietro.

O homem que me ajudaria a vencer no jogo.

Bati à porta do clube com o sol ainda alto e as rugas que se formaram na testa do homem que abriu as portas demonstraram a estranheza de minha visita. Ele me reconhecera. Perguntei pelo barão e ele pediu que eu entrasse e aguardasse.

Pietro demorou a descer e, quando o fez, estava despenteado, sua camisa amassada e a roupa colocada de forma deselegante demonstravam que acabara de levantar.

— Desculpe-me! — Apontou para si mesmo. — Não estou acostumado com ninguém me tirando da cama, a não ser minha bela mulher. E já lhe adianto que não compartilho a minha cama.

A piada me fez sorrir. E ele gargalhou. Era um homem feliz.

— Creio que saiba o motivo da minha visita.

— Sim, sim, sente-se. Vou pegar uma bebida forte, um charuto e ver se desperto.

Apontou a cadeira confortável de veludo do clube vazio e saiu em direção ao bar, no qual serviu dois copos de rum e abriu uma pequena caixa, tirando dois charutos que cheirou, fechando os olhos.

— Os melhores. Só trabalho com os melhores neste clube.

Quando retornou, ofereceu-me a bebida e estendeu um charuto, que logo recusei.

— Só a bebida.

— Antes de começarmos este jogo ou aula, vamos ter uma conversa de homens, e não de cavalheiros.

Ele estreitou o olhar, seus braços se apoiaram na pequena mesa que estava em minha frente e me encarou, enrugando a testa.

Creio que nunca alguém ousara me encarar dessa forma.

— Eu amo minha mulher mais que qualquer outra coisa em minha vida e ela, em contrapartida, daria a vida por suas duas amigas. — A fúria transparecia na sua voz e no seu olhar. — Uma delas foi ameaçada por você e não fiquei feliz com isso, duque. Na verdade, fiquei extremamente irritado. Eu até o convidaria para um duelo, mas Nataly me mataria em seguida, e descobrimos recentemente que ela está grávida — completou, orgulhosamente —, então pretendo ser pai!

Eu deveria ficar extremamente irritado, ofendido e provavelmente desferir até um soco no barão defendendo minha honra, mas tudo que podia sentir no momento era alívio e paz por saber que Cecília tinha amigos tão leais nos tempos em que estive ausente.

Tinha pessoas que cuidavam dela.

Era reconfortante.

Sem me conter, abri um sorriso e foi o suficiente para Pietro agarrar-se em meu colarinho, irritado.

— Creio que terei que convidá-lo para um duelo. Nataly que me perdoe! Nunca fui bom com mulheres.

Pacientemente segurei suas mãos e as afastei.

— Não será necessário. Nunca tive a intenção de machucar Cecília. Se o fiz, nunca foi intencionalmente.

Seus olhos me olharam, confusos.

— Marshala, é assim que a chamam agora. — Adiantei-me — Ela era Cecília quando saiu de Guildford.

Ele parou e me observou por um longo tempo.

— Estou tentando acreditar em suas palavras, no entanto, como alguém que não queria machucá-la estava ameaçando acusá-la de bruxaria?

Não me parece coerente, duque.

Amor. Essa palavra veio em minha mente, mas era difícil explicar as atitudes que havia tomado para reconquistar a mulher que amava. Era complicado explicar até como a perdera.

— Você disse que ama a sua mulher mais que qualquer outra coisa na vida. — Fiz uma pausa. — Eu amo Cecília muito mais que a minha vida. Os meios que tenho usado para tê-la de volta podem parecer confusos e persuasivos, mas lhe dou minha palavra de homem e de duque que só quero fazê-la feliz e amá-la. Nada além disso. Eu nunca tocaria um fio de cabelo dela sem sua permissão. Nem de mulher alguma.

Eu nunca seria capaz de fazer mal algum a uma mulher e duvidava de que a algum homem. E talvez esse fosse meu grande defeito.

Esse era meu medo quando estivesse frente a frente com minha mãe e o meu tio. Minha falta de pulso, minha covardia. A bondade não me favorecia.

Era isso que me fizera perder Cecília. Eu precisava corrigir, jogar para trás as coisas e seguir em frente.

Erguendo as sobrancelhas, ele parecia surpreso e aliviado.

— Eu acredito em você, duque. Vou te ajudar, porque conheço homens sem-vergonha, desonestos e libertinos só pelo olhar. Você não é um deles. Mas precisa parecer em um jogo. Jogar cartas é uma arte que precisa ser aprendida e vai muito além da sorte. — Ele tirou um baralho do bolso e jogou sobre a mesa. — Sua postura neste momento sentado na cadeira é de um *lord* em um jantar. Repare em como me sento para um jogo.

Ele puxou a poltrona à minha frente e se sentou despretensiosamente. Cruzou as pernas e jogou o peso do corpo sobre o encosto da cadeira. Um dos seus braços se apoiou na poltrona e, com o outro, levou o charuto à boca.

— Tente — ele me encorajou.

Parecia fácil para ele. Era nato a esse homem estar em ambientes assim... Fiz o melhor que pude.

— Não estou acostumado a frequentar clubes — justifiquei-me.

— Aprenderá! Outra lição, sua feição e seu corpo. O rosto em um jogo é algo muito importante. Se pegar uma mão ruim de cartas, não deve contar com as sobrancelhas arqueadas, o sorriso desfazendo-se, as mãos batendo na mesa de maneira nervosa, os pés movendo-se... O seu corpo pode te denunciar. Precisa mostrar ao seu adversário que tem um bom jogo em mãos e isso fará com que ele se apavore e faça escolhas ruins nas jogadas. Então, mesmo com cartas boas, ele pode perder.

O DIA EM QUE TE BEIJEI

— Você não deve perder nenhum jogo — falei, sorrindo. Eram impressionantes as habilidades que ele possuía.

— Eu perco todos os jogos com a minha mulher. E aí vem outra regra: nunca se deixe distrair por nada. Nataly tem esse dom. Ela me provoca com um decote, fendas nos vestidos e acaba sempre levando apostas altas. — Ele sorriu, orgulhoso. — Eu a amo por isso. Só ela tem esse poder sobre mim. Quando se está em um jogo, sua mente precisa estar ali e não se desviar. Não pisque, não olhe para o lado, não deixe sua mente se esvair. O foco é importante. — Levantou os dedos e os estalou no ar. — Um piscar de olhos, uma boa jogada perdida e, pronto, foi-se o jogo. Tentaremos a primeira partida e vamos corrigindo a parte técnica desta vez.

Na primeira mão, eu tinha péssimas cartas, então perdi. Era azar como sempre. Na segunda, eu também tinha péssimas cartas, mas ganhei quando Nataly, a esposa do barão, entrou no salão e os olhos dele se perderam do jogo. Era como se o mundo tivesse deixado de existir e ela fosse o seu tudo. Eu compreendia aquele sentimento como ninguém.

Passamos o dia jogando e admirei o homem empenhando-se em ensinar um estranho sem receber nada em troca. Gostei de tê-lo como amigo, ele era um bom homem.

Paramos o jogo quando fomos interrompidos pelo duque de Misternham, que chegou impondo sua presença marcante, com seu olhar de raiva dispensado a mim.

Eu conhecia a fama do duque. Ele não era um homem piedoso até se casar com a escandalosa de sua mulher. Era assim que muitos a chamavam em Londres.

— Precisamos ter uma conversa. — Foi a primeira coisa que me disse, sem, ao menos, dizer-me um "boa tarde".

Imaginei que o assunto era o mesmo tratado por Pietro, que logo se adiantou.

— Não será necessário, meu amigo. O duque esclareceu os fatos e nossa querida Marshala poderá costurar muitos vestidos antes de ser queimada. — Ele gargalhou. — Será apenas consumida pelo fogo do amor.

George me olhou, desconfiado. Não era como Pietro. Parecia mais arredio. Eu o havia encontrado em alguns eventos em que estive com o rei.

— Dou-lhe minha palavra.

Ele assentiu, aceitando-a, mas sem grande comemoração. Não seríamos amigos e compreendi o recado. Era hora de partir.

Agradeci a Pietro por toda a ajuda e deixei o clube, confiante.

Estava na hora de ir à luta. Estava me armando de tudo que precisava para esta guerra. Até o dia da aposta, eu precisaria reconquistar a confiança de Cecília, então precisava ir para a batalha. De nada adiantaria ganhar a aposta se não pudesse tê-la.

A vitória estava longe e era incerta. Mas era doce e acalmava meu coração. Eu a amava e preferia morrer na batalha a não sair para a luta.

Paula Toyneti Benalia

CAPÍTULO 15

"Hoje me perguntei se não agi errado. Não seria justo ter perguntado a vocês se prefeririam a vergonha de ter a filha arruinada em casa a ter uma filha distante e considerada morta. Justifico-me que fugi de Guildford por vocês, mas tenho a sensação de que fui egoísta e fiz isso por mim mesma. Precisava me refazer longe de tudo. Quando saí, eu não era Cealia. Era a noiva abandonada do duque. Precisei me refazer das cinzas, do que queimei e deixei para trás. E me pergunto novamente se o motivo de eu nunca ter voltado foi por vergonha ou medo. Medo de não me aceitarem, de me culparem por tudo e medo de encontrá-lo casado e feliz com outra.
Sou uma covarde, mãe. Faço-me de forte todos os dias, mas, na verdade, sou somente uma armadura vazia. Se baterem muito, desfaço-me... como cinzas.
(Cartas para minha mãe, Londres, 1803.)

MARSHALA

Era a terceira vez que desmanchava os alinhavos do vestido. A entrega era para a próxima semana e eu estava atrasada.

Eu nunca me atrasava!

Minha mente não se mantinha no trabalho. Estava sempre nele, naquele homem que por tanto tempo esteve no meu coração; mesmo eu negando, ele nunca havia saído de lá.

— Quer ajuda? — Helena perguntou, enquanto escolhia alguns tecidos para suas criações.

— O quê? Ah, não. Está tudo bem. Só estou um pouco distraída. Não tenho dormido bem, creio que ficar noiva tenha me deixado preocupada. — Forcei um sorriso.

— Não precisa mentir para mim, Marshala. Um noivado deveria deixá-la vendo estrelas, e não perdendo o sono.

Ah, se eles soubessem que quem me prometeu estrelas era quem me tirava o sono. E nada relacionado a Rafael me deixava preocupada. Eu sequer me lembrara dele nos últimos dias.

— É complicado.

— E quando amar não foi? Olha... — Ela parou o que fazia e me encarou. — Nunca foi fácil com George, mas valeu cada momento. Ele e minha filha são as coisas mais importantes do meu mundo. Sei que tenta ser forte o tempo todo. Sempre fui assim, mas amar significa mostrar para o outro que temos fragilidades.

— Ele consegue ser a paz da minha alma e o tormento do meu coração — comecei, reflexiva. — É o fogo que me queima e que me aquece, a água que me sacia e que me afoga, o abraço que me aperta e que me sufoca...

As palavras saíram porque eu estava cansada de não me abrir, cansada de ser sempre discreta, forte, reservada! Eu precisava falar com alguém que me compreendesse, mas era tão incoerente o meu amor por Vicenzo.

— O amor é incoerente todo o tempo e, quando não for, não será amor verdadeiro — Helena falou, aproximando-se. Com carinho, colocou uma das mãos em meu ombro. — Nada que é fácil nesta vida nos dá recompensas. Acredite, melhor lutar por algo difícil que lhe trará felicidade do que aceitar um destino cômodo que não será gratificante.

— O meu medo nunca foi lutar, Helena — falei, com pesar —, o medo sempre foi me quebrar.

— Um soldado quando vence a guerra sempre tem arranhões, quebraduras, queimaduras, mas são essas marcas que lhe dão o orgulho da vitória. Ele olha para todas e sabe que venceu.

Assenti, concordando com suas palavras profundas, e passei a tarde voltada para os meus pensamentos.

Quando meus pés tocaram a rua deserta ao anoitecer, Rafael me esperava.

Ao vê-lo, senti um desânimo. Eu não estava preparada para ser cortejada, não quando minha mente só tinha um nome, um pensamento e um destino: Vicenzo.

Perguntei-me se o melhor não seria desfazer toda aquela bagunça. No entanto, sempre soube que um casamento seria necessário e, se não fosse com Vicenzo, preferia alguém frio, pois previa que meu coração nunca mais se aqueceria com outro.

— Vim fazer-lhe um convite — falou, sem ao menos dizer um simples olá. Esse era Rafael!

— Estou ao seu dispor, milorde — respondi, forçando um sorriso.

— Fui convidado para um jantar na casa do duque de Abercorn. Uma reunião íntima para poucas pessoas e gostaria da sua presença ao meu lado.

Reuniões, jantares, bailes, debuts... Londres era regida por eventos sociais cansativos nos quais pessoas demonstravam suas riquezas e o quanto eram poderosas. Eu os odiava!

Pensei em dizer não. Mas o que faria em casa? Passaria a noite pensando em Vicenzo e a agonia do que poderia vir me consumiria.

— Mande o local e a data, encontrarei o milorde na residência.

Ele assentiu e partiu, friamente e sem dizer adeus, como era de se esperar.

No outro dia pela manhã, a carta chegou anunciando o jantar no sábado.

Tentei não pensar naquele evento durante a semana, o que foi fácil, pois a minha mente me mantinha ocupada pensando no único homem que me importava e não me dava notícia havia dias.

No dia do jantar, escolhi um vestido com cuidado para o evento.

Uma modista tinha que estar impecável perante a sociedade. Nessas festas, muitas clientes eram apresentadas à minha moda.

O vestido de musselina rosa era discreto e elegante como a ocasião pedia. Complementei com luvas e um penteado de coque nos cabelos.

Sorri com a imagem que refleti. Eu amava como as roupas nos transformavam.

Aluguei uma carruagem e parti para mais um tedioso jantar.

A mansão do anfitrião estava acesa por muitos candelabros e velas em toda à sua volta, mas eram poucas carruagens que aguardavam em frente à residência. Realmente o jantar seria discreto e com poucas pessoas.

Ao longe, avistei Rafael, que já me aguardava, vestido elegantemente e com a expressão fechada. Seu rosto nunca esboçava um sorriso.

Com reservas, passei meu braço no seu, que ele oferecia para adentrarmos.

Estava preparada para um jantar tedioso, para companhias desagradáveis, conversar sobre negócios e sobre como tempo mudava rapidamente na cidade... Estava preparada para muitas coisas, menos para ver Vicenzo parado na sala da residência, conversando com uma bela jovem que sorria em demasia para ele.

Meu coração se acelerou no mesmo instante.

Ele parou a conversa e seus olhos se encontram com os meus.

Eu me sentia viva em seus olhos. Meu coração batia forte no peito e bombeava sangue por todo o meu corpo.

Não desviei o olhar... por vários motivos.

Primeiramente, porque eu gostaria que ele soubesse que estava vendo-o conversar com outra! Em segundo lugar, porque estava elegante e queria que ele me desejasse e também por um milhão de motivos que me faziam encarar e desejar um homem que não era o meu noivo, que segurava meus braços.

Fomos recebidos pelos donos da casa e fui obrigada a desviar primeiro.

A solidão me invadiu. Ela me perseguia desde que perdera os seus olhos em Guildford.

— O que viemos fazer esta noite aqui? — Encarei Rafael, enquanto caminhávamos para a sala de jantar.

Ele me olhou com estranheza diante da pergunta, mas eu o conhecia o suficiente para saber que ele já sabia muito bem que Vicenzo estaria ali, que algo era perceptível em nosso olhar e que perpassávamos a amizade. Mulheres não eram amigas de lordes!

— Diga-me — insisti.

Ele abriu seu sorriso sarcástico.

— Noite de apostas — respondeu-me.

— E por que não o fazem em um clube de jogos como sempre?

— Porque existem apostas valiosas demais para serem feitas em ambientes frívolos como aqueles.

Sentamo-nos em nossos lugares reservados, e não conseguia me concentrar em nada. Eu sentia o olhar de Vicenzo sobre mim o tempo todo, mas fiz um esforço constante para não devolvê-lo.

— O que apostou e com quem? — perguntei a Rafael, tentando desviar meus pensamentos.

Ele abriu um sorriso, que raramente esboçava, e abaixou-se para cochichar em meu ouvido.

— Mulheres não se envolvem em negócios de cavalheiros.

Senti meu sangue ferver. Sim, era óbvio que o mundo nos oferecia respostas como essa. Eu só não estava preparada para recebê-las. Nunca estaria.

Encarei-o.

— Não sou como outras mulheres, Rafael. Creio que saiba disso.

— Você pode ter suas convicções, Marshala, mas isso não quer dizer que me renderei a elas.

— Eu não espero por rendição, sempre por igualdade — respondi, com confiança, talvez até tenha sido inocente porque o mundo nunca estaria preparado para igualdade entre homens e mulheres.

As palavras trocadas trouxeram desconforto e nos deixaram em um clima gélido pelo resto do jantar. Até o anfitrião convidar todos os cavalheiros para acompanhá-lo.

Era hora das apostas.

As damas foram levadas para a sala e todas se sentaram delicadamente nos sofás e poltronas que pareciam pintados à mão de tão perfeitos, e comentaram os assuntos fúteis de sempre.

Minha mente, entretanto, estava longe daquele lugar. Eu queria estar com os cavalheiros na sala de jogos.

Pedi licença para tomar um ar. Essa foi a desculpa que arrumei, então caminhei para longe dali procurando o que almejava.

Não foi difícil escutar as risadas e conversas que vinham de outra sala mais reservada. A porta estava semiaberta e fui ousada o suficiente para espiar por entre as molduras de carvalho.

Lá estava Rafael, sentado na poltrona, de costas para a porta com cartas em uma mão e um charuto em outra e, de frente, jogando com ele, estava Vicenzo.

Meu coração deu um pulo sabendo que nada de bom poderia sair daquela aposta.

Eu o amei tanto naquele momento. Ele estava tão lindo e me perguntei pela primeira vez se o passado importava tanto assim. Por que nunca o joguei pelas costas e corri em sua direção? Por que eu estava tão ferida? Ele tinha me abandonado, sim, de forma cruel e fria, mas lá estava ele, pedindo-me de volta, então, qual o porquê da recusa?

Ele olhou para a porta e me viu. Seus olhos penetraram nos meus e eu soube a resposta. Eu queria tudo dele. Aceitaria ter um pouco do Rafael, mas não de Vicenzo. Eu tive tudo dele por pouco tempo em Guildford e aceitar menos doía, doía muito!

O amor se misturava com ódio. Poderíamos estar juntos há tempos, com filhos e sendo felizes. Eu queria puni-lo? Sim, parecia-me que sim.

Eu estava tão perdida que meus pensamentos eram ilógicos e desconexos. Precisava sair dali e tentar entender o que se passava em minha mente.

Desviei meu olhar e caminhei com pressa para a saída da residência. A primeira carruagem de aluguel que encontrei me levou em disparada para o meu canto preferido.

Eu precisava costurar, era isso!

Precisava remendar todos os meus machucados e aí, sim, estaria preparada para encontrar Vicenzo. Já tinha fugido por muito tempo. Estava na hora de encarar meus medos e o passado.

Capítulo 16

"Hoje não tenho nada para dizer a você. Estou triste, apático e sem vida. Sou um quadro todo pintado de cinza. Minha aquarela de cores sempre foi você."

(Londres, 1804.)

VICENZO

Tentei me concentrar em tudo que Pietro me dissera. Na minha postura, na forma de ser e agir, no local correto das mãos, na expressão dos olhos... Era muita coisa para se pensar, mas eu só conseguia pensar em Cecília.

Deveria ser esse o motivo de várias cartas terem se soltado das minhas mãos e estarem expostas no chão, o motivo de não ter ganhado nenhuma rodada, de já ter afrouxado o colarinho, de gotas de suor escorrerem por meu rosto, das sobrancelhas arqueadas e do sorriso de satisfação no rosto de Rafael.

Eu estava perdendo o jogo, mas continuava viajando em meus pensamentos e vendo minha residência passando para as mãos dele.

Estava perdendo Cecília, estava me perdendo...

Qual era o meu problema? Por que não levá-lo a um duelo, enfiar uma espada em seu peito, que era o meu desejo no momento? Por que não roubar Cecília, levá-la para um lugar afastado e fazê-la se lembrar do nosso amor? Por que não contar toda a verdade e por que não destruir o passado que me assombrava?

Sentia-me tão covarde! Era incapaz de ferir um inseto! A impotência sempre me tomava.

Respirei fundo para manter alguma dignidade no jogo.

— Vamos encerrar? — o duque perguntou.

— Só estamos começando — disse, com uma convicção que não tinha.

Ele sorriu com desdém, arrogante, soberbo como era!

— Sabemos que não tem nada mais importante para perder, duque. Tente garantir que não perca ao menos o orgulho.

Debrucei sobre as pernas, ficando mais próximo a ele.

— O que quer para deixá-la em paz? Já tem meu castelo! Quer mais dinheiro?

— Nós dois sabemos que esse desafio não passa de uma diversão. Marshala não é uma mulher que se ganha em um jogo. Acha que, se eu perdesse, ela correria para os seus braços porque assim você o deseja? A fama daquela mulher a precede. Ela foi capaz de transformar a moda em Londres. Acha que ela vai me obedecer se pedir para ir atrás de você? — falou, me encarando com um sorriso de lado.

Suspirei, porque sabia exatamente a mulher que ela era. Muito mais que ele. Afinal, quem era ele para falar dela? Conhecia-a pelo que ouvia das pessoas. Eu conhecia cada sorriso seu, cada gosto, cada gesto. Conhecia até seus suspiros.

— Você a conhece muito pouco, Rafael. Se a conhecesse bem, saberia que ela nunca te amará.

— Quando eu quiser amor, eu sei onde encontrar, mas isso nunca será na cama da minha mulher.

Senti meu sangue ferver. Era desrespeitoso! Era nojento! Era, na verdade, a burguesia pura falada em sua boca e o sentido que homens como ele viam em casamentos. Como ela poderia ser tão forte e ao mesmo tempo tão fraca se casando com o que ela mais odiava naquela sociedade suja?

Sem pensar, desferi um soco que o pegou de surpresa e o fez cair da cadeira.

Antes que ele pudesse ter alguma reação, levantei-me e saí daquele lugar. Eu faria o que deveria ter feito há muito tempo.

— Leve-me até a modista — pedi ao cocheiro. — Rápido! — ordenei, com pressa. Eu não tinha mais tempo. Já havia perdido muito longe dela. Sentia-me velho no momento, tendo a real certeza de que desperdiçara muitos anos da minha vida preso a um passado que nunca traria nada de bom.

Estava na hora de começar a fechar as feridas que todos os dias eu insistia em abrir e fazer sangrar novamente.

Puxei a manga da camisa e, mesmo no breu da noite, podia ver as manchas vermelhas que tomavam meu corpo onde esfregava todos os dias tentando me livrar de tanta sujeira.

Senti o ar faltar! Por que tinha que ser tão difícil?

Lembrar-me do passado era como cair de um penhasco bem lentamente...

O ar faltava! O sangue fervia! As mãos gelavam! E o peito parecia explodir a qualquer instante.

Mas não poderia desistir. Tinha muito em jogo. Agora não era só perder Cecília! Era saber que ela se enterraria em um casamento que a destruiria simplesmente por orgulho ferido.

Bati no coche para ele se apressar. Precisava chegar logo ou não conseguiria dizer a verdade.

Quando parei em frente à sua residência, desci e observei que não tinha velas acesas. Era um breu total. Ela não estava ali, mas eu sabia onde encontrá-la.

Saí correndo em direção ao seu ateliê, a pé, precisando respirar, mas no momento ela era meu ar.

Corri como se minha vida dependesse disso, sabendo que, sim, minha vida dependia dela.

O amor verdadeiro não só nos transformava, mas também nos preenchia, então, quando o perdemos, vamos ficando vazios até não sobrar nada. Ela era minha vida e eu precisava desesperadamente lhe mostrar isso.

Ao longe, avistei a claridade que vinha de dentro da loja.

Sem ar, bati à porta, esperando-a me receber. A espera me pareceu a mais longa da vida. Eu estava pronto para lhe entregar tudo. Não poderia esperar nem um piscar de olhos.

Contei o tempo com as batidas do meu coração, que parecia saltar para boca.

Perdi a conta quando escutei o ranger da porta se abrindo e ela surgindo, linda, perfeita, com os cabelos impecavelmente presos, os olhos brilhando pelas velas, os lábios vermelhos como nunca e, no final, permiti-me ver como parecia cansada. Cansada do trabalho ou talvez da vida. Eu não conhecia essa resposta. Há muito tempo eu não era o dono das respostas de Cecília.

Mas seria! Eu estava ali!

Desta vez ela não bateu a porta, deixando-me para trás. Ela se afastou e me deu passagem.

— Você veio — ela afirmou, muito mais para si mesma.

Assenti.

— Mostre-me toda a verdade, milorde — pediu, encarando-me com o rosto erguido, sem medo algum. Mesmo estando diante de um homem de poder, ela não se curvava. Isso me encantava! Ela estava tão diferente em sua postura de quando saiu de Guildford. Eu amava ainda mais essa nova mulher.

— Não me chame de milorde, Cecília! Não faça isso! Sou o seu Vicenzo, completamente seu.

Ela negou com a cabeça.

— Você será meu quando me disser toda a verdade. Por agora, você é um milorde a quem devo respeito, somente isso.

— Mentirosa — afirmei, esticando meus dedos e tocando seu rosto. Ela tremeu. — Sou muito mais.

Isso fez com que ela se afastasse.

— O que faz aqui? — perguntou, com voz altiva.

— Vim me entregar para você, por inteiro, Cecília, ou talvez todos os pedaços — falei, com sorriso triste. — Não sei ao certo, mas estou aqui para responder todas as suas perguntas.

Minha voz saiu em um grunhido baixo, carregado das incertezas que tinha do que estava fazendo, sem saber se era o certo a fazer, mas quais alternativas eu teria? Dizer a verdade e perdê-la ou perdê-la sem ao menos tentar?

— Conte a verdade, então. Estou aqui para ouvi-la.

Ela puxou uma cadeira e se sentou, debruçando o rosto sobre o braço que apoiou na mesa. Com a outra mão, fez sinal para que me sentasse a sua frente. Obedeci.

Meu peito arfava, o coração batia sem compasso e as gotas de suor começaram a se formar na testa.

— Pergunte-me tudo o que quer saber e direi.

Ela me encarou por um longo tempo.

— Vamos começar pela mais simples: você me amou algum dia?

Pisquei, e pisquei, e pisquei de novo. *Como é?* Ela duvidava da única coisa certa na minha vida?

— Como me pergunta isso? Eu a amo além de tudo que me pertence. Eu a amo acima de mim mesmo. Amo você por inteira, da forma que quiser ser... Eu não me importo que seja a moça inocente das colinas ou a importante modista, não me importo se colocar fogo nos meus pertences, se quiser ordenar toda minha vida, eu simplesmente não me importo, porque você, Cecília, é a única coisa neste mundo que aquece meu coração. Você é o que o faz bater.

Ela baixou a cabeça e começou a brincar com as mãos, como se tentasse absorver as minhas palavras.

— Você não acredita, não é? — indaguei.

— Você me abandonou, então fica muito difícil acreditar que sou sua vida.

Levantou o olhar e me encarou de tal forma que perdi o fôlego.

Ela era linda e minha vontade era acariciar sua pele macia, mas eu estava tão encrencado, com ela e comigo mesmo, que o toque era um obstáculo!

— Creio que está na hora, então, de responder minha pergunta. Por que me abandonou, Vicenzo? Quero a verdade, sem rodeios, sem censura — levantou o dedo em direção ao meu rosto e completou: —, pois é a última vez que vai ter a oportunidade de dizer o motivo. Não a perca! Sou muito boa em costuras, mas, assim como sei fazer um vestido impecável, sei desmanchá-lo em questão de horas e reaproveitar o tecido todo! Se me der materiais, vou costurar todos os pedaços do seu coração, senão desmancho todo o amor que guardei por você e me transformo em algo novo! Sou muito boa nisso!

Desta vez, quem abaixou a cabeça não foi ela. A história que eu dividiria com ela me causava vergonha e nojo. E era tão dolorida! Mas perdê-la não era uma opção. Eu a amava e desta vez não fugiria como um covarde.

Era tempo de olhar para o passado que me atormentava.

Paula Toyneti Benalia

Capítulo 17

"Parei para pensar nesta manhã como os tecidos ditam nossos sentimentos. Por vezes, não consigo vestir cores vivas. Elas não combinam com a minha alma. Mas aí repenso que sou a vitrine do meu trabalho e, como a boa atriz que sou, visto-me da cor do céu, quando estou perto do inferno. Não tenho paz, mãe, muito menos alegrias. Será que um dia poderei ser aquela moça que sorria por tudo? Eu não sei essa resposta."

(Cartas para minha mãe, Londres, 1802.)

MARSHALA

  Meu rosto demonstrava apatia. Mas era a maior mentira do mundo. Por dentro, meu sangue fervia, meu coração martelava e parecia sair pela boca. A possibilidade de descobrir a verdade era assustadora e encantadora ao mesmo tempo.

  Eu sonhava que, quando tudo fosse esclarecido, pudesse correr para os braços de Vicenzo e perdoá-lo por tudo. Ao mesmo tempo, o medo me afrontava. E se ele tivesse outra mulher, outra família? As coisas fervilhavam em minha mente. E se o que ele fosse dizer não fizesse sentido ao meu coração e o perdão não chegasse?

  Eram tantas perguntas sem respostas, por tanto anos, que o medo me fazia perder o ar.

  — Estou aqui esperando — falei, encorajando-o, quando na verdade minha vontade era fugir novamente. Eu estava aterrorizada!

Ele levantou e os seus olhos encontram com os meus, então vi algo neles que me era desconhecido. Tinha uma tristeza sem fim ali. Uma coisa terrível se passava, porque o seu olhar se transformou em algo sombrio.

Minha pele se arrepiou.

— Você ouviu falar do meu passado alguma vez quando morava em Guildford? — ele me questionou.

Neguei.

— Muito pouco. Só que ficou órfão cedo e foi criado por tutores até se tornar um homem adulto.

As pessoas costumavam contar muitas histórias sobre tudo em Guildford. O pequeno vilarejo era propenso a isso. No entanto, a maioria do que se espelhava eram histórias fantasiosas e mentirosas.

— Meu pai morreu quando eu tinha quatro anos. Não tenho muitas lembranças dele. Somente o que as pessoas mais velhas me contavam enquanto crescia, que era um homem muito bom e correto. Creio que isso não me ajude a formar uma imagem de pai.

Ele parou de falar e abriu o botão do punho da camisa. Como algo que parecia ser rotina, começou a raspar as unhas no punho da mão esquerda.

— Histórias tristes de como ficou órfão não justiçam seus erros, Vicenzo.

Eu não poderia imaginar alguém com semblante mais triste do que o seu quando começou a me contar sua história. Estava enganada. As minhas palavras fizeram a tristeza inundar seu semblante. E me enganei de novo quando pensei que meu coração nunca mais poderia se quebrar. Ele virou farelos. Minha vontade era de abraçá-lo e dizer que tudo ficaria bem, mas sabia que o mundo não era simples como costurar um vestido.

— Eu não estou aqui tentando justificar meus erros, Cecília. Estou aqui para te dizer o quanto sou doente de alma. Uma doença que não encontro a cura, a não ser em você, mas, como todo medicamento raro, ela tem um preço que não tenho conseguido pagar.

— Desculpe-me. Continue...

— Minha mãe não demorou muito tempo para encontrar outro homem e levá-lo para sua cama. Cansada dos padrões sociais, das regras e da frieza da nobreza, ela encontrou, em um criador de cavalos, alguém que a satisfazia, sem regras, sem qualquer educação e sem escrúpulos. Desculpe-me pelas palavras que não devem ser ditas a uma dama. Não tenho outra forma de dizer a verdade e sei que a Marshala não é ingênua como a Cecília.

Endireitei meus ombros para trás, dando-lhe caminho para continuar a conversa.

— Dele eu me lembrava muito bem. Não havia regras, era permitido brincar na terra, andar sujo pela casa e galopar nos seus ombros. Ele me fazia rir com a facilidade que a bondade do meu pai não conseguia pelo empecilho de um ducado que carregava nas costas, cheio de normas. E dizem que momentos felizes e tristes nunca se apagam da nossa lembrança, mesmo na tenra infância — ele parou, respirou fundo e me olhou com um sorriso triste. — E os meus se enraizaram por todo meu corpo.

— Ele morreu também? — perguntei, já imaginando um final trágico em que a mãe e o padrasto morriam e ele perdia novamente a figura paterna. Era triste ficar longe dos meus pais. Era uma dor aguda que me martelava todos os dias, mas perdê-los era algo que eu não podia imaginar. Era uma dor infinita.

Ele negou com a cabeça.

— Não. Ele merecia; no entanto, continua vivo — suspirou. Suas unhas se espetavam ao seu punho e fiquei pensando se ele não estava machucando-se. O nervosismo tomava conta do homem calmo e gentil que conheci em Guildford, que me abandonou sem explicações e que tentei odiar por tantos anos.

— Philip ganhou minha confiança e meu amor, como teria ganhado de qualquer outra criança que acabara de perder o pai e tinha uma mãe negligente que nunca estava ali. Amália passava os finais de semana nas casas de campo com as amigas e me deixava com ele. Era interessante, porque ela deixava o futuro duque de Guildford com um homem rude que não sabia nada sobre educação e boas maneiras — ele abriu os braços —, mas estava se divertindo e o filho nunca foi prioridade.

— Eu sinto muito... — falei com pena, sem entender muito bem o que tudo isso tinha a ver com o nosso futuro e o nosso passado.

— Não sinta por isso. Não ter o amor de Amália era algo que eu já estava acostumado. Ela procriou um herdeiro como era seu dever. Nunca teve um filho! Entende essa diferença?

— Sim, não compreendo, mas consigo entender.

Havia tanto amor da minha mãe por mim que não dava para compreender uma mãe que só colocava no mundo e não tinha amor.

— Philip estava cada dia mais presente, cada dia mais afetuoso e tomando para si todos os cuidados que eram de minhas amas. Até que em um fim de semana ele dispensou todos os serviçais do castelo e me prometeu dias de muitas brincadeiras. — Ele virou o rosto, sem conseguir me encarar.

O DIA EM QUE TE BEIJEI

— Eu me lembro até hoje da alegria que tomou conta de mim. Eu estava eufórico! Seria muito divertido.

Ele parou de falar por um longo instante e respeitei seu silêncio.

— Assim começaram os abusos... — A última palavra saiu como um sussurro. Ele ergueu o rosto e me encarou. — Consegue entender o que estou te contando?

Neguei. Abusos? Que abusos? Ele apanhava, era isso?

— Essa história não deveria ser compartilhada com damas como você — disse, com voz doce —, mas eu não tenho escolhas, não é?

— Acima de uma dama tem uma mulher que está aberta para ouvir o que quer que seja. A dama é para a sociedade. A mulher é para a vida, Vicenzo. Sabe que não nasci só para a sociedade.

Ele colocou a mão no meu rosto. Perdi o ar. Eu sempre o perdia com o seu toque.

— Você se faz de forte, mas, no fundo, é uma menina ingênua. Eram abusos de caráter sexual. — Ele me abriu um sorriso triste, parecia tentar ignorar a própria dor, então, de repente, meu mundo se desfez!

O castelo de rancor e de ódio que construí por ele todos esses anos começava a cair, pedaço por pedaço.

Balancei a cabeça, tentando absorver aquilo. Era horroroso de tal forma que eu não conseguia respirar muito bem.

— Começou com banhos inocentes, até se tornarem abusos reais que me machucavam, por dentro e por fora. E eu era só uma criança que não tinha a quem recorrer a não ser minha mãe.

Minha vista escureceu. Apoiei minhas mãos na mesa para não cair.

— Desculpe-me, eu... — Não sabia o que dizer.

— Perdoe-me, Cecília, não lhe deveria contar essas coisas, mas eu não sei como fazê-lo de outra forma e...

Ele meneou a cabeça, confuso.

— Não se desculpe! Não por isso! Eu preciso saber da verdade, só não esperava algo assim do seu passado.

Eu esperava um duque que tinha nascido em berço de ouro, com todas as regalias, que se sentia superior aos outros, carregando orgulho e passando por cima dos sentimentos das pessoas.

Esperava um homem mau que tinha me traído, que tinha outras mulheres, que vivia uma vida de mentiras.

Eu esperava tudo, menos o que saíra da sua boca!

— Ele não tinha piedade e, quando contei para minha mãe, ela me espancou até que meu rosto ficasse machucado e disse que eu era mentiroso. Então os abusos continuaram com a conivência dela! Ela sabia! Ouvia meus gritos à noite quando ele se ausentava de sua cama. E, dessa forma, eu fui ficando sujo, sujo, mais sujo e me sinto assim até hoje! Não sei como consertar isso. Não suporto que me toquem, muito menos você, porque estou sujo e você é tão pura...

— Não — sussurrei. — Não! — repeti, com mais firmeza.

Ele não era sujo! Era vítima de uma crueldade sem tamanho. Por Deus, como aquilo acontecera? Eu nem imaginava que coisas assim pudessem acontecer. Minha mente pintava imagens que eu não gostaria de pensar.

— Não vou entrar em detalhes. Espero que me perdoe por isso. É muito difícil olhar para essas memórias. Mas é isso, Cecília. Eu sou quebrado por todo o corpo, quebrado de sentimentos ruins que carrego, de culpa, vergonha. Sei que vai me dizer que não era minha culpa, mas não consigo... Eu poderia ter corrido, sem destino talvez, só não era simples assim. Eu paralisava toda vez que o via, era como se perdesse o controle do meu corpo. Tremia e não tinha mais coordenação nenhuma. Ele pegava meus braços e me arrastava para um canto qualquer e eu permitia, porque não conseguia me mover e, com o tempo, nem gritar mais. Eu só sentia e sentia... dor.

Uma lágrima escorreu por meu rosto, e depois outra, e mais outra. Elas queimavam. Há muito tempo elas tinham ficado guardadas.

Eu não tinha palavras para dizer a ele. Não tinha nada! Era um misto de dor por ele, tristeza por tudo que perdemos e vergonha por tê-lo odiado tanto.

— Eu sinto muito. — Foi tudo que consegui dizer com a voz embargada.

Eu queria abraçá-lo, pedir perdão de joelhos e dizer que tudo ficaria bem. Gostaria de levá-lo no colo e garantir que ele esquecesse tudo, arrancar a tristeza do seu olhar, mas não tinha esse poder.

— Não sinta. A culpada não é você. Sempre fui eu. Quando a conheci, eu vi cores no mundo pela primeira vez e achei que poderia superar, mas, quando você me toca, eu me sinto sujo e, por mais que eu tome trinta ou quarenta banhos por dia, esfregue-me até sangrar, não consigo me desfazer dessa sujeira. Ela está impregnada na minha alma, Cecília. Ser tocado dói — ele parou e respirou fundo —, dói na alma.

Havia uma tristeza insuportável em seus olhos.

— Você acha que tem materiais suficientes para costurar os pedaços que sobrou aqui? — ele perguntou, batendo em seu peito.

O DIA EM QUE TE BEIJEI

— Eu sou a melhor costureira de Londres, não há nada que não possa resolver. E vou costurar com a melhor agulha — falei, abrindo um sorriso entre as lágrimas que desciam copiosamente. — Nunca deixei te amar, Vicenzo, e um trabalho com amor sempre fica impecável.

Ergui minha mão para tocá-lo e, então, percebi o que o rancor nunca me deixava ver: o medo em seus olhos. O medo de ser tocado novamente. Não era nojo, repulsa ou tantas outras coisas que a raiva me mostrava. Era medo! Como uma criança assustada, ele me encarava.

Recuei e desta vez a tristeza que inundava seus olhos transbordou.

— Eu não sei por onde começar — ele falou. — Posso me casar com você agora e lhe prometer que nunca ninguém vai amá-la como eu amo, prometer cuidar de você por toda a vida, dar tudo que quiser, até as estrelas, mas não sei se consigo ser um homem para você, Cecília. Ser tocado dói como se espinhos furassem meu corpo. Eu não vejo saída.

— Vamos começar do início. Vamos desenhar nossa história. Esse é o primeiro passo da costura.

Abri um sorriso de verdade, porque o amava e ele estava se abrindo para mim como nunca imaginei. Eu estava pronta para encarar o mundo por ele, para sentir suas dores e curar suas feridas. E nada mais importava.

— E se eu não conseguir pagar o preço que você merece por seu trabalho? — ele perguntou, continuando com as metáforas.

— Acha que consegue me fazer ver estrelas novamente? Porque desde que me abandou, o céu ficou escuro e não brilha mais.

Ele pegou minha mão que ainda estava estendida ao seu encontro. O calor dos seus dedos abundou meu coração que há muito tempo estava frio.

— Eu prometo te amar. É isso que consigo lhe prometer neste momento. Acha que é suficiente?

Sim, Vicenzo! Sim!

Apertei seus dedos e abri um sorriso em resposta. Ele estava aqui! Era meu! E eu o amava como nunca amei mais nada neste mundo, então o resto não importava.

O amor verdadeiro ia além de coisas físicas, muito além de um beijo, de um contato físico... Eu poderia beijar e me deitar com centenas de homens que me escolhessem, sem sentir absolutamente nada. Mas poderia olhar nos seus olhos como agora e sentir meu corpo pegando fogo e meu coração pulando para fora do peito.

Olhei para a janela que estava aberta e vi o céu tão cheio de estrelas esta noite. Há muito tempo elas não apareciam... para mim!

Capítulo 18

"Eu posso sonhar com um futuro no qual você é minha mulher ou um futuro vazio e triste como é meu presente agora. Vou me permitir sonhar ou sofrer todos os dias com essa espera? As coisas caminham juntas. Sonhar com você significa sofrer todos os dias com sua ausência. Mas me ausentar de você me faz sofrer ainda mais, pois me leva à conclusão de quão vazio e frio eu sou."

(Cartas para Cecília, Guildford, 1802.)

VICENZO

Ela estava aqui! Mesmo depois de tudo que escutou, continua aqui, firme como uma rocha, olhando-me não com pena, mas com ternura e amor.

A vida tinha sido cheia de tropeços nos nossos caminhos e, olhando para Cecília, eu pensava em como ela tinha se levantado de todos os tombos: forte e cada dia mais linda. Eu, ao contrário, envolvi-me em escuridão, mas o tempo me carregava para ela todas as vezes que essas lembranças voltavam.

Sempre soube que precisava voltar ao passado para curar as feridas. Mas nunca conseguia sair do lugar. Era como se estivesse parado no tempo, sem conseguir caminhar para o futuro ou voltar para o passado. Era como se tudo estivesse impregnado em mim. O cheiro, as dores... eu revivia tudo, todos os dias. Mas a luz voltara, era uma chama bem pequena no fundo do caminho e isso já era muito para quem só vivia no escuro.

A minha deusa do fogo começava a clarear a minha vida e aquecer meu coração que estava morto havia muito tempo.

— Qual o primeiro caminho, então, para se fazer um lindo vestido? — perguntei, sorrindo e limpando com as pontas dos dedos as lágrimas que escorriam no seu rosto.

Ela sorriu com orgulho, porque fazer vestidos era sua essência.

— Sempre começamos pela idealização. A cliente nos conta todos os sonhos que colocou na peça a ser feita, os objetivos que deseja alcançar ao usar determinado vestuário, suas vontades, desejos, e vou criando o desenho em minha mente antes de colocá-lo no papel.

— Então vou dizer qual seria o meu desejo, madame Marshala. — Era a primeira vez que a chamava por esse nome, porque aqui, neste momento, ela era a modista dos meus sonhos. — O meu desejo é puxá-la para os meus braços, entrelaçar meus dedos em seus cabelos, retirar todos os grampos que os escondem e sentir seus cachos entrelaçando-se nos meus dedos.

Ela suspirou e fechou os olhos. Tinha amor no seu rosto e principalmente desejo.

— E depois? — falou, quase sussurrando.

— Depois eu almejaria trazê-los até o meu rosto e sentir o cheiro de flores de lavanda que exalam. — Abri um sorriso e ela me devolveu com um muito mais bonito. — Por fim, eu encostaria seu rosto no meu peito e pediria para o tempo parar por um instante... um instante em que nada importasse, que o passado não existisse e o futuro pouco importasse. Nós dois, seu cheiro, o seu abraço e eu sendo seu aconchego.

— Creio que na minha mente eu tenha feito o desenho mais lindo de todos que fiz até hoje. Começaremos por ele. Esse será o primeiro passo do nosso trabalho. Quando se é criança, não há espaço para mudar nada, mas, quando se é adulto, o mundo é cheio de caminhos e vamos percorrê-los juntos.

O seu rosto enrubesceu. Eu gostaria de nunca mais esquecer essa imagem. Era a perfeição. Ela era uma deusa, a minha deusa de fogo.

— Podemos assinar o contrato desta nossa negociação? — sugeri.

Cecília arqueou a sobrancelha, olhando-me com espanto.

— Quer se casar comigo? Esse seria o nosso contrato.

Se é que seria possível, seu sorriso se abriu ainda mais e uma lágrima escorreu por seu rosto.

— Casar? Eu não... eu... não sei... Sim, eu quero!

Ela começou a gargalhar e colocou as mãos sobre o rosto corado.

— Desta vez eu não vou fugir. Seremos só nós dois agora e um padre. Mais ninguém. Aceita?

— Sim, sim, sim, é tudo que eu quero. É tudo que eu sempre quis.

Mordendo os lábios de uma maneira que a deixou sexy e, ao mesmo tempo, parecendo uma menina arteira, ela levou as mãos até o cabelo e começou a soltar todos os grampos que o deixava preso à sua cabeça. Eu fiquei hipnotizado. Nunca esqueceria essa cena.

Depois que todos os cachos caíram, ela inclinou a cabeça para trás e os chacoalhou, fazendo todos se movimentarem e, então, minhas narinas foram inundadas pelo cheiro de lavanda.

Ela dizia tudo sem falar nada. Era como se eu a estivesse tocando. Meu corpo se arrepiou, meu coração explodiu e o desejo tomou conta de todo o meu ser.

Mesmo sem tocá-la, o desejo era prazeroso. Ele não vinha misturado com a dor e a culpa.

Aproximei-me e toquei meus lábios nos dela. Coloquei minhas mãos nas minhas costas, entrelaçando os dedos e evitando puxá-la para mim, então a beijei.

Cecília abriu os lábios para receber minha língua. Mergulhei num mar profundo de sensações. Queria ir além, meu corpo pedia isso e eu poderia sentir sua respiração ofegante e o desejo a consumindo. Ao mesmo tempo, era doloroso.

Eu sabia a que caminhos isso me levaria e, se eu fosse além, o inferno chegaria sem demora. Mas não consegui me conter.

Deixei minhas mãos se soltarem aos poucos e uma delas se entrelaçou no cabelo cacheado que tanto eu amava. Meus dedos se afundaram e trouxeram-na para perto, fazendo com que seu corpo frágil se encaixasse entre as minhas pernas. Senti o desejo explodir por cada pedaço meu, até chegar no meu coração.

Como um revólver que se aperta o gatilho, senti que tinha ido longe demais e a dor chegou. Minha visão escureceu, minhas pernas fraquejaram e revivi tudo. Eu poderia senti-lo se aproximando do meu quarto! Por Deus, a lembrança era muito viva.

Fui me encolhendo para baixo da cama com seus passos, a porta se abrindo, o seu ranger... Eu precisava ser forte, mas meus olhos se encheram de lágrimas pelo que me aguardava. Sem controle, meu corpo começou a tremer, e isso fez com que a dor chegasse ainda mais forte. Meu corpo doía. Ele andava me visitando todas as noites.

"*Vicenzo, não precisa se esconder. Só vamos brincar um pouquinho. Vamos, deixe de ser criança.*"

Mas eu era uma criança!

Seu rosto apareceu, erguendo a colcha da cama. Ele sorriu. Eu vi um monstro. Dos meus piores pesadelos.

Por favor, hoje, não! Implorei.

Ele pegou meu braço e puxou, tirando-me dali e colocando-me sobre a cama. Senti a boca secar e a ânsia surgindo, lembrando, revivendo as suas mãos me tocando e a dor dilacerante chegando.

Gritei por socorro. Gritei pela minha mãe sabendo que seria em vão. Eu precisava lutar. E, quando ninguém ouviu, aquietei-me e envergonhado deixei as lágrimas rolarem, sentindo-me sujo.

Escutei a porta se fechar. Ele estava saindo.

Só então me dei conta de que eu não era mais aquela criança. Eu estava aqui, em frente à Cecília, com o corpo encolhido, a respiração ofegante, os punhos serrados e o semblante de pavor que me tomava.

A vergonha surgiu como sempre vinha depois desses episódios. Eram sempre iguais. Eu não tinha controle. Era isso que sempre me fazia me afastar. Ela não deveria ver um homem, um duque tão poderoso, se reduzir de tal forma.

Dei-lhe as costas.

— Desculpe-me — falei de forma seca —, mas preciso partir.

Eu queria correr e sumir dali.

— Não vá — ela pediu —, não desta vez. Não fuja, não tenha medo ou vergonha. Nada disso me importa. Eu ainda estou aqui.

Sua voz era tão doce, tão acolhedora que me permiti virar o rosto e olhá-la.

— Deixe-me estar aí ao seu lado desta vez. Você não está sozinho. Não mais.

Ela abriu um sorriso suave.

Vagarosamente minha respiração foi voltando ao normal. Senti minhas mãos se soltando e o coração voltando ao compasso.

— É muito difícil ser criança quando você é um adulto, ser forte quando você é fraco e, principalmente, ser um duque quando você é um fracasso.

Abaixei os olhos para não ver a decepção em seus olhos.

— Fracassados são homens que aprisionam mulheres nessa sociedade cruel. Fracassados são maridos que fazem de suas mulheres objetos de valor que colecionam, nada mais que isso. Fracassados são homens que fazem juramentos de amor em cama de amantes. Você não tem nada de fracassado. É alguém machucado pela vida e isso faz de você um herói. Nunca um fracasso. Olhe para mim, Vicenzo — ela pediu e obedeci, encontrando a ternura de sempre. — É muito mais fácil fugir do que enfrentar os medos e a dor. Digo isso com propriedade, porque foi o que fiz.

— Você fugiu porque te desonrei — afirmei.

— Eu poderia enfrentar toda a vergonha se o tivesse ao meu lado. Fugi porque era muito mais fácil esquecê-lo dessa forma, ao menos foi o que pensei. Fugi porque o medo de vê-lo com outra me era insuportável. Fugi por tantos motivos... todos ligados ao medo e à dor.

Assenti e toquei seu rosto com a mão. Queria tanto protegê-la de toda a dor e de todo o sofrimento, mesmo sabendo que eu era o causador de tudo. Eu queria protegê-la do mundo.

— E por que nunca voltou?

Ela abriu os braços em indignação.

— Porque sempre fui fraca.

Desta vez fui eu que abri um sorriso cheio de amor.

— Você é a pessoa mais forte que conheço, Cecília. Conseguiu ter meu coração nas mãos por toda a vida, conseguiu colocar fogo em todas as minhas lembranças sem medo algum, conseguiu chegar a Londres e se reerguer do nada e, olhe para isso — abri os braços mostrando seu ateliê —, consegue me domar como ninguém.

Ela abriu um sorriso do tamanho do mundo, do meu mundo!

— Creio que sou inconsequente e isso não faz de mim uma mulher forte. Sinto tanto de não estar com a minha família. Mas, se eles vissem a vergonha que sou... Não sei se sou forte o suficiente para ver a decepção nos olhos deles.

— Por Deus, Cecília, vergonha? Você não é uma vergonha porque não se casou um duque. Você é muito mais e sabe disso.

Ela assentiu.

— Eu sei o que sou, mas a sociedade não. Sabemos como as mulheres não têm perdão neste mundo. Hoje mesmo, ao casar-se comigo, perderá metade dos seus contatos e deixará de receber muitos convites para festas. Sou independente, tenho meu próprio negócio e uma das minhas melhores amigas é uma cortesã. Acha que o mundo se orgulha disso? Os homens querem que costuremos os vestidos de suas esposas para festas, mas não que sejamos um exemplo a ser seguido.

Era tão absurdo o que ela dizia, principalmente por estar coberta de razão. A sociedade era nojenta demais para tê-la. Eles realmente não a mereciam.

— E você se importa? — perguntei.

Ela mordeu os lábios.

— Na verdade, sinto-me aliviada por não pertencer a esse mundo. Mas você deveria se importar, afinal, é um duque.

— Eu sou o seu duque, Cecília. De mais ninguém. E para mim tudo que importa é ser seu.

Capítulo 19

"Devo retornar um dia. Não consigo mencionar quando, mas retornarei assim que estiver pronta. Espero que vocês estejam abertos para me ter de volta. Esse é um medo que me domina todos os dias."

(Cartas para minha mãe, Londres, 1802.)

MARSHALA

Trabalhando logo que amanheceu, não conseguia conter meu coração e o sorriso se espalhava por meu rosto quando Helena entrou na sala.

— Olha o que temos por aqui! Marshala apaixonada. Achei que nunca veria esse sorriso em seu rosto.

Afastei o olhar sem graça e lhe dei as costas, porque não conseguia conter o sorriso. A lembrança da noite anterior, das promessas e da certeza de que ele me amava! Por Deus, ele me amava e eu o amava inexplicavelmente. As emoções eram tantas que ele foi embora e combinamos de nos encontrarmos novamente quando anoitecesse.

— Como sabe?

— O olhar de uma mulher apaixonada e feliz é diferente de todos os outros. Não vemos muito isso em Londres. Temos muitas mulheres casadas e poucas apaixonadas. Tenho o privilégio de ter George em minha vida e fico feliz por ter encontrado alguém que a faça feliz como sou.

Escutei um barulho e logo a porta se abrindo, então alguém entrou sem pedir licença. Só podia ser Nataly. Ela estava linda, usando vermelho em plena luz do dia.

— Sabia que estavam de fofoca. Quando me impedem de entrar, é porque estão juntas, mas claramente, *chérie*, nunca conseguem segurar Nataly.

O DIA EM QUE TE BEIJEI 115

— Não precisa pedir permissão para estar aqui, mas cuidado para não nos matar do coração — Helena falou, sorrindo e colocando a mão sobre o peito.

— Antes que perguntem o motivo da visita, contem-me o porquê de tanta alegria.

Senti minhas bochechas arderem. Poderia vê-las ficando vermelhas como se fossem um reflexo da roupa de Nataly.

— Só estamos...

— Marshala se apaixonou. É isso! — Helena me interrompeu.

— *Ma petit*, isso é verdade? — perguntou, espantada, colocando as mãos sobre a boca.

Desta vez olhei para as duas para responder, orgulhosa.

— Sim. Na verdade, meu coração sempre esteve nas mãos de um homem. Ele estava perdido no mundo, mas nos reencontramos.

Nataly puxou uma das poltronas e se sentou de forma elegante, mas demonstrando como ficava à vontade quando estava conosco.

— Preciso saber de tudo, *chérie*. Quero detalhes, nomes... Diga-me quem é!

— O duque de Guildford. Você deve ter ouvido sobre ele, acredito.

— O quê? — Ela me encarou com a testa enrugada. A expressão de espanto continuava. — Você e o duque mais amado da Inglaterra? Marshala, isso é maravilhoso. Conheci-o no clube. Ele é um doce de homem, gentil, *chérie*. Não consigo imaginar alguém mais perfeito para você, *mon couer*.

— Meu nome verdadeiro é Cecília e, depois de uma longa história que devo contar para vocês algum dia, transformei-me em Marshala.

Desta vez foi Helena que me encarou surpresa, então nós três começamos a gargalhar.

Era maravilho estar com elas. Eu poderia ser Cecília, Marshala, poderia ser só eu mesma, sem nenhum rótulo ou convenções.

Helena poderia gargalhar de forma escandalosa, Nataly poderia usar seus vestidos escandalosos com os seios quase à mostra e eu poderia ser dona de mim. Era maravilhoso compartilhar uma amizade sincera e sem parâmetros.

— Creio que, se descobrirem seu passado, os convites para bailes devem cessar para sempre para este trio — Helena falou, jogando a cabeça para trás e ainda gargalhando. — George não vai acreditar quando lhe disser que a única amiga que ele considerava descente era na verdade uma impostora.

— Pietro nem se assusta mais com as minhas incongruências. Ele entendeu que, de cada passo meu, o rastro é o escândalo — ela parou de gargalhar e seus lábios se abriram em um sorriso de orgulho —, mas *mon couer* vai estar sempre, em qualquer lugar, aplaudindo-me de pé. O restante do mundo não me importa. Vocês devem ser o que os fazem felizes e nada mais importa. Espero que o seu duque a acolha com todos os seus defeitos como fomos acolhidas.

— O meu duque nunca encontraria defeitos em nenhuma de nós. O mundo já lhe foi muito cruel e ele entende muito sobre o que realmente são defeitos.

— Olha, esta conversa está maravilhosa, mas preciso partir — Helena advertiu. — Susan precisa de mim e George deve estar louco sem a minha presença em casa. Poderíamos marcar algum dia para bebermos um vinho no clube na madrugada, quando todos os nossos compromissos se cessarem e a sociedade dormir pensando que somos perfeitas damas.

— Adorei a ideia — falei, assentindo. — Será maravilhoso poder passar algumas horas com vocês.

Helena se despediu e Nataly, enfim, esclareceu por que estava aqui.

— Preciso de alguns vestidos para minhas meninas…

E assim ficamos discutindo os modelos que seriam confeccionados para o próximo espetáculo da *Spret House*, a casa noturna que ela comandava e da qual eu e Helena tínhamos uma parcela da sociedade. Ninguém imaginava que nós, mulheres, estávamos por traz de tudo aquilo. Se isso acontecesse, perderíamos todo o prestígio. Londres nunca estaria preparada para estar nas mãos de mulheres. Os homens sempre seriam nossas sombras.

Deixei os pensamentos de lado e passei a tarde trabalhando sem parada, pois as encomendas se acumulavam de todos os lados. Em breve precisaríamos ir para um lugar maior ainda. Sorri com o pensamento.

Quando anoiteceu, resolvi encerrar. Tinha coisas para resolver e meu coração gritava por Vicenzo. Eu imaginava que ele me visitaria. Na verdade, era o que eu desejava.

Quando saí da loja, de longe avistei a carruagem de Rafael e senti meu estômago se embrulhar. Eu ainda era sua noiva, mesmo tendo feito compromisso com outro homem. Isso era tão impróprio que senti minhas bochechas corarem.

Ele desceu quando me viu e caminhou lentamente em minha direção. Meu coração pulsava e quase saía pela boca. Não era por saudade ou paixão, era por desespero pela situação na qual eu me envolvera sem pensar.

— Boa noite, Marshala — ele falou, de forma seca.

Fiz uma reverência, devolvendo-lhe o cumprimento.

— O que deseja, milorde?

— Marcar a data do casamento. Creio que não precisamos de mais delongas nesse noivado sem sentido.

Minha cabeça fervia em meio a um turbilhão de pensamentos. O que faria? Como você escaparia de toda essa situação?

Respirei fundo e decidi que terminaria o noivado que nós dois sabíamos que não teria futuro. Eu era uma mulher forte e independente. Não era obrigada a manter essa farsa.

Ergui o rosto e lhe encarei sem medo.

— Desejo terminar este noivado — falei, de forma curta e clara.

A princípio, pude perceber a surpresa em seus olhos por um breve instante, que desapareceu e deu espaço a um sorriso debochado.

— Mulheres não terminam noivados. Mulheres não escolhem o que querem, querida — disse, de forma fria e sarcástica.

Desta vez, foi a mim que a surpresa atingiu. Sempre soube que ele era arrogante e persuasivo, mas não imaginei que chegasse a tanto. Obrigar-me a fazer o que não desejo? Por Deus, chegava a ser ridículo.

— Não estou lhe pedindo permissão, milorde. Estou anunciando que não desejo mais esta união. Não pode me obrigar a casar e me forçar a nada. Sabe muito bem o tipo de mulher que sou. Não tenho cabresto nem sou adestrável, o senhor me entende?

Dando um passo para frente, ele se aproximou e me encarou, com a intenção de me amedrontar.

— Conheço muito bem a mulher que está à minha frente. Creio que seja você que não saiba o tipo de homem que sou. — Ele ergueu a mão esquerda e estalou os dedos. — Com uma ordem minha, você sairá correndo e fará o que estou pedindo — ele ergueu a mão direita desta vez e estalou os outros dedos —, senão você vira fumaça nesta cidade.

Era muito arrogante, muito audacioso e muito cretino. Mas não me amedrontava.

Continuei a encará-lo sem demonstrar nenhum tipo de acuamento e lhe respondi à altura dos seus disparates.

— Você que deveria ter medo de virar fumaça, porque eu entendo muito bem sobre incendiar coisas... e pessoas.

Dei-lhe as costas e saí caminhando sem pressa para minha casa.

Senti um arrepio percorrer a minha espinha. E só então comecei a raciocinar em como poderia ser atingida por Rafael. Ele era um homem e, por isso, já carregava as vantagens da vida na sociedade que vivíamos. Ele tinha títulos e isso lhe dava um poder maior ainda sobre as mulheres.

Abri um sorriso lembrando que agora tinha Vicenzo ao meu lado. Nada poderia me atingir. Ele estaria lá para me proteger, mesmo sabendo que eu poderia muito bem fazer isso sozinha.

Então, por que continuava preocupada e com uma sensação de que algo não sairia bem?

Balancei a cabeça, convencendo-me de que era somente uma sensação ruim e nada mais. Logo passaria.

Agora que as coisas começavam a voltar para os trilhos, eu não ficaria apegando-me a coisas que me deixavam preocupada. A vida já me tinha passado muitas rasteiras. Eu estava preparada para dar a volta por cima. Desta vez teria meu final feliz. Eu tinha certeza.

Fui tomar meu banho tentando me convencer disso e esperando Vicenzo chegar para acalmar meu coração. Ele tinha esse dom. O mesmo homem que tirou minha paz por tanto tempo, agora era meu refúgio de calmaria. Isso era amor e amar era realmente incoerente.

Paula Toyneti Benalia

Capítulo 20

"Quero protegê-la de tudo. Quero protegê-la do mundo. Mas isso não é possível quando me tornei seu maior inimigo. É isso que deve pensar. Meu coração se tortura em saber que não sou mais seu melhor amigo e seu maior amor, que em um piscar de olhos me tornei seu maior inimigo."

(Cartas para Cecília, Londres, 1804.)

Vicenzo

Quando parei em frente à casa de Cecília e bati à porta esperando-a abrir, pensei em como alguns dias atrás eu estava no mesmo lugar tendo a certeza de que nunca ela abriria a porta para mim.

Quando ela apareceu sorrindo, pensei em como era sortudo. Mesmo depois de tudo, ela estava aqui, recebendo-me em sua vida. E como estava linda. Os cabelos estavam soltos como eu gostava, a pele corada e o corpo escondido por um vestido solto de musselina rosa. Ela não usava joias, nem outros luxos. Estava simples e isso a deixava mais bonita.

Passei meu braço por seu corpo e a trouxe para perto, encostando meus lábios nos seus. Por Deus, esse movimento era suficiente para despertar meus desejos mais profundos, mas, antes que as lembranças ruins chegassem, afastei-me.

— Foram poucas horas, mas me pareceu uma eternidade o tempo que fiquei longe de você — falei, pegando gentilmente um fio de cabelo que caía no seu rosto e colocando-o atrás de sua orelha.

Ela abriu um sorriso. E que sorriso! Era meu remédio, minha cura, meu tormento, minha paz e minha loucura.

— Senti que meu coração foi para casa com você, então creio que estamos muito encrencados — ela falou, com sorriso travesso. — Não poderemos mais nos separar.

Ela esticou a mão e me convidou para entrar em sua casa.

— Sabe que isso não é adequado, não é? — perguntei, para ter certeza de que era isso que ela almejava.

— Adequado é estar feliz, e não estar correto! Entre as duas coisas, prefiro estar feliz. Sempre!

Ela piscou e senti vontade de correr com ela para o quarto. Quando é que isso seria possível? Como eu me consertaria?

Entrei na sua casa e era como estar no melhor lugar do mundo. Aqui era o meu lar. Essa casa pequena e aconchegante era tudo de que eu precisava. Os palácios, os castelos e todas as minhas residências não me davam a paz que esse lugar me promoveu. Cecília era o meu lar, então perder o castelo para Rafael não me importou, porque tudo aquilo me trouxe esta mulher de volta. Eu tinha tudo que meu coração precisava e ele só precisava dela.

— Agora que já temos o desenho do vestido, qual é o próximo passo? — perguntei, fazendo uma analogia das suas costuras com o nosso relacionamento.

Ela suspirou.

— Agora, realmente começa o meu trabalho. Pego os tecidos, a fita e a tesoura e começo a dar vida ao desenho. Preciso que a cliente seja colaborativa nesta etapa. Preciso conferir as medidas e ter certeza de que cortarei os tecidos no tamanho exato.

Ela pegou minha mão e me arrastou até seu quarto. Fiquei hipnotizado naquela visão. Era como se realmente ela fosse uma deusa, que me enfeitiçava e colocava fogo em cada pedaço do meu corpo.

Sentei na beirada da cama e esperei suas ordens. Sim, era ela que comandava meu mundo.

— Deixe-me ver melhor. Tire seu paletó para que eu possa conferir as medidas.

Dando-me as costas, ela foi até a penteadeira e abriu a gaveta para pegar uma fita métrica.

Voltando a me olhar, ela encostou seu corpo na parede, mordendo os lábios e deixando-me sem ar.

— Quer que eu tire a roupa? — questionei, perplexo por sua audácia.

Ela era diferente de todas as mulheres que conheci no mundo. Era inocente e ao mesmo tempo maliciosa.

Senti meu corpo pegar fogo. Algo que nunca senti na vida. Desta vez eu não senti dor, só desejo. Desejo puro!

— Tire o paletó e a camisa. É suficiente para começarmos os trabalhos.

Obedeci, tirando o paletó e depois a camisa. Nunca tinha estado assim em sua frente. Seus olhos estavam cravados em meu peito e ela tinha um sorriso travesso.

Almejava o seu toque, sentir suas mãos por meu corpo nu. O desejo tomou conta de todo o meu ser.

Ela veio caminhando em minha direção vagarosamente e, com delicadeza, passou a fita por meus ombros e me puxou em sua direção.

Mantive-me firme e a puxei para o meu colo. Seus cabelos se espalharam por meus ombros e eu podia sentir a sua respiração ofegante. Já a minha não era possível perceber. Eu tinha perdido completamente o ar.

— Quero fazer tantas coisas com você que nem o infinito dos tempos seria suficiente — sussurrei em seu ouvido.

— Tenho todo o tempo do mundo para você, milorde — ela falou com a voz baixa e falhando de desejo.

Passei as mãos pelo seu pescoço e puxei seus lábios em direção aos meus.

Antes que eles se tocassem, o seu olhar encontrou com o meu e me amaldiçoei por ter ficado tanto tempo distante. Ela me devolvia a vida, ela me devolvia os meus sonhos. Ela era tudo. Ela era o mundo.

Era inebriante tocá-la.

— Quero beijá-la — sussurrei.

— E o que o impede? — ela rebateu.

— Quero beijá-la da forma mais imprópria possível.

— Então fique à vontade. Coisas impróprias sempre foram a minha especialidade.

Mergulhei em seus lábios, firmando minhas mãos em sua nuca, querendo tudo dela. Ela me incendiava com um fogo que era próprio de uma deusa. Não me lembrei de respirar, só queria mais e mais, aprofundando o beijo, indo para o fim do precipício que ela me levava sem nenhum esforço.

Ela soltou um gemido baixo e, quando achei que já não poderia sentir mais desejo, um choque percorreu todo o meu corpo, lembrando-me que eu estava vivo, que ela me devolvia à vida. O desejo vinha acompanhado de prazer, e não de dor.

Então a lembrança da dor veio, e tudo começou a desmoronar. Paralisei, esperei as lembranças ruins chegarem e elas vieram, como um raio, tomando a minha mente. Só que desta vez foi diferente. Estar aqui com ela, sentada em meu colo, sentindo seu cheiro e as suas mãos na minha nuca me fizeram querer lutar contra aquilo. Era algo tão bom que não poderia ser desfeito por uma nuvem escura.

Era como uma guerra dentro de mim.

Cecília percebeu e rapidamente se afastou, saindo do meu colo e olhando-me com pesar.

A sua ausência me fez retornar ao tormento. A dor, os gritos... Olhei para minhas mãos e enxerguei sangue desta vez. A memória foi tão vívida que em dias normais eu nunca lembrava que por vezes sangrava quando ele partia. Que sangrava por dentro e também por fora.

Senti tanta dor que coloquei a mão sobre o peito e o apertei, tentando tirar aquilo de mim. Não foi suficiente.

Então a olhei, ali, parada com lágrimas nos olhos, e a puxei de volta para os meus braços. Desta vez ela se aconchegou em meu peito e chorou.

Não sei por quanto tempo ficamos assim nem quando me dei conta que as lágrimas que escorriam eram minhas também. Mas, então, percebi que desta vez não fugi. Desta vez ela foi a minha loucura e a minha cura.

— Eu sinto tanto por fazê-la chorar... — sussurrei com os lábios encostados em seus cabelos. — Meu papel deveria ser fazê-la sorrir.

— Não sinta, não, não faça isso. — Ela levantou o rosto e me encarou. Suas bochechas estavam cor-de-rosa pelas lágrimas. — Choro por te ver sofrer, mas chorar é um alívio. Estou chorando nos seus braços. Consegue entender o quanto isso é maravilhoso? — Ela apoiou suas mãos em meu peito. — Você está aqui, Vicenzo. Não saiu correndo nem me afastou de você. Posso começar a fazer as costuras, porque sei exatamente todos os tecidos que tecem seu coração. Conheço a cor da sua alma e sei perfeitamente o que combina com ela.

Sequei suas lágrimas e beijei seus lábios de forma suave.

— Eu não a mereço.

Dei uma risada seca. Afastei-me e fiquei parado, mergulhando naqueles olhos que me enfeitiçavam. Não era só por sua beleza ímpar. Era por sua alma, por sua força e por seu amor.

— Você merece tudo que lhe foi roubado. Tiraram de você sua inocência, sua paz e seu sorriso. Quero devolvê-los.

As palavras amorosas só me faziam admirá-la ainda mais. Em um mundo em que eu deveria protegê-la, ser o mais forte, a rocha firme, ela estava aqui sendo meu escudo, sendo o meu sossego. Nunca tinha conhecido uma mulher como ela.

— Você já me devolveu o que mais importa. Fez-me acreditar que posso amar. E como eu te amo, anjo meu, como te amo... — Toquei seus lábios novamente e sussurrei: — Eu quero fazer amor com você. Quero ser capaz de fazer isso.

— Você é capaz de fazer o que quiser. Só precisa acreditar.

— No momento eu acredito em você e isso me basta. Ninguém, nunca mais, nem ele, nem Marquiel será capaz de me fazer acreditar em outra coisa. — O nome dele saindo da minha boca me fez me assustar. — Nunca fui capaz de dizer o nome dele em voz alta — constatei.

— Você ainda tem medo? — ela me perguntou.

— Medo não. Tenho nojo. De tudo!

— Eu vou tocar você em todos os lugares que te fazem se lembrar dele, mas com o meu amor. Vou tatuar no seu corpo as minhas marcas e você jamais se lembrará do passado.

— Você é a minha deusa, Cecília, ou prefere que te chame de Marshala?

— Prefiro que me chame de deusa. — Ela abriu um sorriso de orelha a orelha.

E, simples como um feitiço, a dor foi embora e amor começou a tomar espaço nas sombras do meu coração.

Era um fim de trevas e o início de tempos felizes.

Ah, como era bom ver estrelas.

Paula Toyneti Benalia

CAPÍTULO 21

"O mundo está cercado por uma hierarquia em que homens estão acima de todos, incluindo de Deus. Eles se sentem deuses que podem comandar o mundo das mulheres como se elas fossem pequenos objetos sem valor. Foi assim que saí de Guildford, como um objeto sem valor que se partiu ao meio. Mas se vissem a mulher que me tornei... Não deixo que pisem em mim, não cedo a homens nem a dinheiro. Sou a única dona do meu ser. Perdi meu coração, mas meu corpo continua sendo propriedade minha."

(Cartas para minha mãe, Londres, 1803.)

MARSHALA

Separarmo-nos naquela noite foi uma das coisas mais difíceis que fiz na vida. Eu o queria comigo todo o tempo, queria recuperar uma vida em um dia. Mas Vicenzo ficou com medo de que os vizinhos prestassem atenção à movimentação da casa e os burburinhos começassem. Eu não me importava com isso, no entanto, ele disse que logo eu seria sua mulher e ele tinha contatos muito importantes no parlamento e na corte, então ter uma companheira que seria aceita nos meios que ele convivia seria de grande valia em alianças futuras.

Bobagens e mais bobagens, mas eu entendia. Ele continuava sendo um duque. O título pesava sobre todos que o carregavam.

Demorei a pegar no sono, sonhando com tudo que a vida finalmente me proporcionaria.

Quando amanheceu, o dia estava lindo, com um sol brilhante e sem nuvens para ofuscá-lo. Vesti-me com cuidado, escolhendo cores vivas e que mostravam ao mundo que eu também tinha revivido.

O vestido de tecido encorpado na cor azul-marinho era elegante e simples. De mangas longas e pano bufante, ele não tinha mais detalhes, porque o próprio tecido já deixava seu charme. Prendi os cabelos em um coque alto e soltei alguns cachos para dar vida. Finalizei com uma presilha de pérolas que ficava a mostra.

Sentia-me viva, com vontade de estar bonita, de mostrar ao mundo que meu coração brilhava.

Demorei mais que o habitual para me arrumar e, quando tranquei a porta de casa, percebi que já estava atrasada.

Caminhei rapidamente e tardei a perceber que a carruagem de Rafael me aguardava. Ele chamou por mim, então me virei e o avistei.

Meu sorriso foi embora. Nada de bom poderia fazê-lo estar aqui.

Seu semblante não tinha expressão. Não tinha um sorriso, nem rugas na testa. Era uma total incógnita. O que ele estaria fazendo aqui? Eu não tinha sido clara o suficiente?

Fiz uma reverência de forma educada, aproximando-me quando ele me chamou novamente.

Eu deveria fingir que não tinha ouvido, mas ele iria me atormentar no trabalho, e eu preferia resolver as coisas fora dali, onde todos os ouvidos da cidade estavam atentos. Não tinha lugar melhor para fofocas do que ir à modista. As mulheres, mesmo com horário marcado, aglomeravam-se e falavam sobre todos os assuntos da temporada. Preferia não estar entre esses temas.

— A que devo sua visita, milorde?

— Primeiro uma pergunta: devo chamá-la de Marshala ou Cecília?

Senti minhas pernas fraquejarem e devo ter perdido a cor. Não era possível que em tão pouco tempo ele tivesse descoberto um passado que escondi por anos.

Mantive o olhar firme e abri um leve sorriso, não perdendo a compostura, mesmo gritando por dentro.

— Não sei o que diz, Rafael, deve estar confuso pelo nosso término.

Ele sorriu de forma sarcástica.

— Então a maior modista de Londres esconde um passado obscuro, crimes, amores e outro nome? Ora, se esse não deve ser o assunto mais importante de todos nos próximos bailes da temporada que logo vai começar.

— Desculpe-me, milorde, mas estou com pressa e não pretendo me alongar em devaneios. Se me permite, vou trabalhar.

Dei-lhe as costas.

— E Marquiel, você conhece?

Desta vez paralisei, fiquei petrificada. O nome incomum que nunca mais eu esqueceria saiu da sua boca com facilidade e familiaridade.

Na verdade, todas as palavras saíam da sua boca com leveza, mas chegavam a mim como ameaças. Senti um frio subir pela minha espinha. Lembrei-me das suas intimidações e de tudo que diziam sobre ele em Londres. Sempre achei que eram boatos por sua postura firme e de poucos sorrisos; no entanto, era verdade. Ele era frio, calculista e sem sentimentos.

Não o deixaria me atacar dessa forma. Não cederia a suas ameaças.

Encarei-o novamente, dessa vez com fúria.

— Sei o que está tentando fazer. O que quer de mim?

— O que foi proposto. O que você me pediu para fazer dias atrás. Quero me casar com você.

— Pelo amor de Deus! — esbravejei, abrindo os braços. — Você pode escolher qualquer outra dama da sociedade. Tem mulheres muito mais atraentes, com dotes gigantescos, de famílias descantes e que se casariam com você sorrindo. Por que vem me atormentar? Sou só uma modista, sem família e sem futuro algum.

Na verdade, era até vergonhoso ele se casar comigo. Eu não tinha a lista de coisas que uma dama precisava ter para se casar com um homem com títulos. Eu não falava dois ou três idiomas, não conhecia nada sobre pinturas e artes, era uma péssima dançarina, não sabia tocar nenhum instrumento nem tinha dote. Não coloquei os meus pensamentos em voz alta, porque não iria me diminuir de tal forma para ele e porque era uma bobagem sem fim uma mulher ser definida por coisas tão tolas. Chegava a ser ridículo. Mas era assim que a sociedade funcionava.

— Tem razão. Posso escolher mulheres muito mais lindas e educadas que você. Mas a apresentei como minha noiva e não deixarei que alguém de tão pouca importância manche minha honra e meu título.

Franzi a testa.

— Prefere casar-se com alguém que o despreza só para provar à sociedade que é um grande homem? — Dei risada. — Tem noção de como isso soa patético?

— Não estou interessado em amor. Já deixei claro desde o início. Não nutrir sentimentos por você na verdade é um alívio. Mulheres são boas na cama. E para isso não precisam ser nossas esposas, muito menos amadas.

Era repugnante. Lembrei-me de como era diferente com Vicenzo, então só senti mais desprezo pelo homem em minha frente.

— Se quiser, deixo você me humilhar em frente aos seus amigos e dizer que desistiu deste casamento. Faça isso, não me importo. Mas não vou me casar com você, nunca!

— Como lhe disse desde o início, não lhe estou dando opções, Marshala. Sei do seu passado, dos seus crimes...

— Vicenzo negará as informações e a corte vai escutá-lo, já que ele é dono da propriedade e possui bons relacionamentos com o rei. Além de que, você deve ter esquecido que ele é um duque. Só o título já deveria deixá-lo com medo, porque ele, sim, pode colocá-lo na cadeia se eu pedir.

Eu nunca seria capaz de fazer isso. Só queria que ele me deixasse em paz. Mas, se ele me ameaçava, eu poderia fazer o mesmo.

Ele agregou o maxilar com um sorriso no rosto. Era como se a vitória já fosse sua.

— E o que todos diriam se soubessem do passado do seu querido duque? Nossa, Marquiel me contou que desde criança ele gostava de coisas erradas. Olha, nunca pensei que com aquela cara de anjo ele pudesse ser tão depravado.

Senti meu estômago embrulhar. Como um homem poderia ser capaz de dizer isso? Vicenzo era só uma criança quando tudo aquilo aconteceu, marcado de todas as formas, que, mesmo com o tempo, o ducado, o prestígio e tudo que o tempo lhe deu, ele não foi capaz de superar. Ainda estava tentando encontrar os cacos pelo caminho e agora esse homem queria jogá-lo no abismo.

Meu Deus, era tão horroroso isso que coloquei a mão sobre a boca, pasma.

— Ninguém vai acreditar em um homem sem importância como Marquiel. Ele não é ninguém. Vicenzo é um duque, amigo do rei.

Ele balançou a cabeça, negando.

— Mas acreditarão em mim, quando eu começar a espalhar a história por todos os cantos da cidade, com uma riqueza de detalhes que Marquiel me contou. Ele conhece tudo, a mãe de Vicenzo que foi jogada ao mundo pelo próprio filho virá para confirmar a farsa que ele é.

— Você não pode fazer isso, não pode...

Eu balançava a cabeça descontroladamente, sem me dar conta que as lágrimas rolavam por meu rosto havia algum tempo.

— Não pode fazer isso! — gritei, sem me importar com nada. — Não vou deixá-lo fazer isso.

Ele se aproximou de mim, ficando muito próximo ao meu rosto.

— Não farei, querida. Você se casará comigo, e seu duque continuará sendo o homem amado que é. Darei dinheiro para que Marquiel suma novamente da vida de Vicenzo, então seu duque viverá feliz para sempre.

Era ridículo... porque eu sempre fui dona de mim, do meu corpo e agora alguém sem escrúpulos chegava e fazia o que bem entendia, como se fosse meu dono. Eu não poderia permitir.

— Você está blefando! — gritei. — É um mentiroso, desesperado por salvar sua reputação. Você é um covarde. Nunca vou permitir que encoste um dedo em mim.

Ele ergueu a mão e fez sinal para que alguém saísse da carruagem. Um homem grande, forte e de aparência sisuda desceu, acompanhado de uma mulher que fez minhas pernas bambearem. Eu não precisava pedir seu nome. Suas feições eram idênticas às de Vicenzo. Era a sua mãe e o outro só poderia ser Marquiel.

Minha vontade era correr até eles e bater naquele homem nojento com todas as minhas forças. Eu queria destruí-lo com minhas próprias mãos.

Meu coração pulava tanto, então encarei novamente Rafael, que mantinha um sorriso frio, de vitória.

— Acha mesmo que não acreditarão que o seu duque seduziu o próprio padrasto e depois expulsou a mãe da própria casa, deixando-a sem nada, passando fome e vagando por aí?

— Ele era só uma CRIANÇA! — berrei desta vez.

Aquilo era tão destruidor para mim, que não conseguia imaginar Vicenzo enfrentando todo aquele pesadelo novamente e sendo apontado na rua de forma tão vergonhosa.

Isso o destruiria para sempre.

— Olha, Marshala, o fato de ele ser criança quando tudo aconteceu será somente um detalhe que as pessoas costumam não prestar atenção nas fofocas, *masss*... podemos esquecer tudo isso. Encherei os bolsos deles de dinheiro e nunca mais ninguém verá Marquiel e sua mulher na vida. Dou-lhe minha palavra. É só você se casar comigo. Será feliz, garanto.

Sem pensar em nada, só com o ódio cegando-me, levantei minha mão e acertei um tapa em seu rosto.

— Você nunca tocará em mim, nunca!

Ele ficou estático, sem reação diante da minha agressão. Demorou alguns instantes para que voltasse a si.

— Você tem até amanhã para tomar uma decisão. Não terei pena de você, Marshala. Vou retribuir esse tapa que me deu. A diferença é que você estará nua quando isso acontecer.

Dando-me as costas, ele saiu, entrou na carruagem com o casal e foi embora, deixando-me com as lágrimas que cobriam meu rosto e meu desespero.

Voltei para casa rapidamente e me encostei na porta do lado de fora por não ter mais forças, então sentei no chão.

Deixei que o choro viesse sem reservas e solucei, abraçando minhas pernas.

O mundo era cruel demais. Eu não tinha o direito de ser feliz, porque, se assim o fizesse, teria que destruir Vicenzo. Eu nunca seria feliz destruindo-o.

Ele não se recuperaria. E eu nunca me perdoaria.

Rafael foi embora já sabendo qual seria minha resposta, mesmo me dando um prazo, ele já sabia. Eu não tinha opções.

Chorei ainda mais quando comecei a pensar em estratégias para me separar de Vicenzo.

Não era justo! Não era!

Lembrei-me de quando fazia um vestido perfeito, mas só depois de pronto via que tinha errado nas medidas e precisava cortar e descosturar tudo aquilo que tinha sido feito com tanto esforço.

Nunca mais ficava igual. O ideal era fazer outro, porque o conserto nunca era bom o suficiente. O tecido faltava, as marcas da agulha não se apagavam e a perfeição que eu buscava nunca era alcançada.

Eu precisava desfazer todos os pontos que tinha dado no coração de Vicenzo com tanto amor. Mas era muito melhor ele ser refeito do que ter que jogar fora.

Ele sofreria, mas eu iria deixá-lo com ódio de mim suficiente para que me esquecesse. Ele se reergueria, mesmo com alguns defeitos.

Agora, reviver toda a tortura da infância, e ainda de forma pública, iria matá-lo por dentro. Seria uma costura sem conserto.

Perguntei-me quem desta vez ajudaria a me refazer, porque sozinha não conseguiria. Passei as mangas do vestido pelo rosto, secando as lágrimas.

Olhei para o tecido todo marcado.

Meu coração estava quebrado, para sempre, mas nem sendo a melhor costureira de Londres eu conseguiria remendá-lo novamente, porque desta vez não tinha material suficiente para isso.

Capítulo 22

"Hoje perdi as palavras. Não tenho nada a dizer... Sinto-me triste, apático e sem muitas perspectivas. Já a procurei por muitos lugares, e você sumiu como a fumaça que deixou antes de partir. Talvez tenha sido melhor, para você obviamente. Não me ter por perto creio que tenha sido uma libertação. Não sou a melhor das companhias. Precisaria nascer de novo para ser. A mim só resta a saudade e o pesar de saber que perdi a única coisa com a qual me importava nesta vida."

(Cartas para Cecília, Guildford, 1803.)

VICENZO

— Milorde, deseja um banho? — Rui me perguntou, já entrando no escritório, observando-me perdido em meus pensamentos durante toda a tarde. Eu precisava assinar documentos e rever muitas contas das propriedades, e não conseguia fazer nada, a não ser pensar em Cecília.

Ele me conhecia muito bem e sabia dos banhos frequentes que eu tomava durante o dia. Ele só não poderia saber que algo havia mudado e que eu não desejava tirar o cheiro de lavanda que Cecília deixou sobre o meu corpo.

Neguei com a cabeça.

Sentia-me diferente hoje. Uma sensação de paz, de alívio, que não me lembrava de ter sentido nunca, porque, desde as minhas lembranças mais antigas, o sentimento sempre era torturante.

— Tenho outro assunto incômodo para tratar, mas necessário — ele falou, receoso.

Encarei-o. Ele estava com a postura impecável como sempre, os braços cruzados nas costas, esperando a minha ordem para prosseguir.

— Diga.

— Vínhamos seguindo sua mãe e Marquiel como o milorde solicitou. Foram visto em Londres essa semana. Se o senhor desejar vê-los, como tinha planejado, receio que seja a hora certa para isso.

Senti minha pele arrepiar, um calafrio percorrer meu corpo. Toda a sensação boa se esvaiu, ficando somente os pensamentos sombrios.

Não dei uma resposta de imediato. Eu não a tinha.

Enfrentar os demônios era algo perturbador, e eu realmente não sabia se estava preparado para tal coisa.

A que me levaria isso? Tudo que me roubaram na infância e as marcas que eu carregava não poderiam ser desfeitas. O sentimento de querer destruí-los, aniquilá-los, tinha ficado em algum lugar distante e agora eu pensava no futuro em que eles não tivessem lugar, nem para vingança.

— Vamos deixar essa página esquecida. Deixe-os seguirem. Não desejo vê-los — respondi, por fim.

Rui assentiu, fez uma reverência e pediu permissão para se retirar, deixando-me só com meus pensamentos.

Nada poderia surgir de bom desse encontro e eu tinha uma vida pela frente para viver com Cecília, construindo lembranças felizes e páginas novas. Deixaria as páginas velhas e surradas para o passado. Para sempre!

Nunca mais desistiria dela por nada neste mundo!

Resolvi fazer uma surpresa para esta noite.

Em uma prioridade afastada que eu tinha em Londres, pedi que preparassem tudo. Teria as flores que ela amava, as comidas, as frutas e, como o inverno se aproximava e as noites estavam escuras, pedi que pendurassem pequenos castiçais com velas por toda a varanda, como lembrança das estrelas que estavam escondidas nas noites mais escuras.

Eu queria jantar com ela, conversar, rir de coisas bobas e saber tudo que perdi naqueles anos. Queria que ela me contasse em detalhes como fez tanto sucesso nos seus sonhos e como chegou a ser a grande modista que era.

Queria escutá-la falar sobre qualquer assunto. Eu só queria me perder no tempo, admirando-a.

Tirei do bolso a caixa de veludo preto com o anel que colocaria no seu dedo. Era de esmeraldas, várias gotas que formavam uma flor. Não era exagerado nem muito pequeno. Era na medida que eu tinha certeza que ela gostaria. Elegante, mas não chamativo.

Resolvi terminar meus compromissos com os papéis para que a hora passasse mais rápido.

Mandei Rui entregar um bilhete para Cecília, convidando-a para o jantar. Meu desejo era correr até ela e convidá-la pessoalmente, mas precisava me conter. Não estávamos casados ainda, então não era de bom tom que as pessoas nos vissem juntos com tanta frequência. Os comentários logo se espalhariam. À noite, era tudo mais discreto e em breve nos casaríamos, sem alarde. Era esse o meu desejo.

Queria-a longe dos comentários e da maldade das pessoas desta vez. Em Guildford, o casamento era um grande evento. Mas nosso amor era só nosso, não precisava de plateia alguma.

A vida, os anos e a maturidade tinham me ensinado muitas coisas, dentre elas, a priorizar o que meu coração realmente precisava. E eu só precisava do que me fazia feliz.

Quando anoiteceu, eu já estava lá, pronto, esperando-a com o coração saindo pela boca. Vestia meu melhor paletó, o melhor colete, a camisa mais bonita e a gravata que mais adorava. Queria estar perfeito para ela, mesmo sabendo que a perfeição estava longe de mim.

Abri meu melhor sorriso e segurei um ramo de lavanda nas mãos, quando anunciaram que a carruagem que mandei para buscá-la estava chegando.

Olhei para baixo, conferindo se estava tudo impecável com a minha vestimenta. Passei a mão pelos cabelos, garantindo que estavam no lugar... Parecia que eu tinha uns doze anos e me apaixonara pela primeira vez.

Meu corpo queria correr ao seu encontro, pegá-la nos braços e beijá-la, mas minha mente me ensinara a me conter para que tudo fosse perfeito.

Ergui os olhos que cruzaram com os dela quando terminava de subir as escadas, linda como nunca a tinha visto.

Permiti perder-me na visão, sem me preocupar com mais nada, tendo a certeza de que desta vez ela não bateria uma porta na minha cara, que não sairia correndo, que não me deixaria.

A certeza de você ser amado independentemente dos seus defeitos é inexplicável. Esta era outra lição que o tempo me ensinou: quando é amor, não se vê defeitos.

Ela vestia preto. Era audaciosa o suficiente para colocar essa cor considerada do luto. Sua pele branca contrastava com o vestido escuro e as velas iluminavam seu cabelo, que estava preso em um coque perfeito, nem um fio escapava. Ela não usava joias, luvas ou qualquer outra coisa que atrapalhasse sua beleza. Somente o vestido preto, feito de muitas saias que davam movimento e me faziam querer tirá-las todas e ver sua beleza por baixo de tudo aquilo.

Depois de percorrer todo o seu corpo, meus olhos se voltaram para os seus e continuei sorrindo, mas percebi que ela não sorria.

Por um instante, reparei em seus olhos uma tristeza como nunca tinha visto em toda a minha vida. E, então, a tristeza deu lugar a um olhar vazio, sem sentimento algum.

Meu sorriso se apagou. Tinha algo errado com o semblante dela!

— Está tudo bem? — perguntei, enquanto ia ao seu encontro.

Ela estendeu a mão, sinalizando que eu não me aproximasse.

Eu queria tocá-la, implorar para que parasse com isso, dizer que estava me assustando.

Dei uma risada sem graça.

— Está brincando comigo, não é? Quer me assustar? Diga alguma coisa...

Eu implorava sem vergonha alguma, queria algum resquício de que tudo isso era uma grande brincadeira.

Ela suspirou, parecia que buscava palavras.

— Precisamos conversar.

Não, não, não! Nada de bom poderia sair disso.

— Temos o resto da vida para conversarmos. Pode me dar um sorriso no momento, que já vai ser um alívio.

— Que droga, Vicenzo! — ela gritou, repentinamente. — Não torne tudo mais difícil do que já é, pelo amor de Deus. Só me deixe falar.

Estendi as mãos, paralisando-a.

— Não quero escutar, não diga nada, meu amor. Não importa o que tenha acontecido. Só o que importa agora é que estamos juntos, no resto daremos um jeito.

Essas palavras a chocaram, e ela abriu a boca sem emitir som algum.

Sim, eu estava implorando para que ela não falasse nada que destruísse nosso amor, porque, mesmo sem ela dizer nenhuma palavra, eu sabia exatamente o que ela estava fazendo. Era nítido no seu semblante.

Eu sentia que me puxavam para um abismo, tirando-me do céu que construí no dia anterior.

— Eu não posso continuar... — ela sussurrou.

Sacudi a cabeça em negação.

— Olha, não importa o que seja. Vamos superar, eu vou aceitar qualquer condição sua, não importa. Só quero você comigo.

— Pare com isso, Vicenzo, deixe-me falar.

Abri os braços, derrotado, esperando por suas palavras que me derrubariam, mas no fundo pensando que teria uma saída. Se ela tinha aceitado tudo que disse sobre meu passado e aceitado se casar comigo, seria impossível não superar o que quer que tenha acontecido.

— Não posso me casar com você, Vicenzo. Achei que poderia, mas simplesmente não consigo.

Procurei em seus olhos uma contradição às suas palavras.

Não encontrei nada. Eles estavam sombrios, sem nada que não fosse escuridão.

Engoli a tristeza que se formava em peito, tentando manter a compostura diante dela, tentando lembrar que eu era um duque e um homem!

— O que mudou? — perguntei por fim. — Diga-me o que mudou! Ontem você estava nos meus braços, prometendo-me amor eterno, aceitando-me como sou, pegando a minha mão para caminharmos juntos e agora quer me jogar no inferno?

Ela balançou a cabeça e uma lágrima rolou por seu rosto. Tinha alguma coisa ali que não era só indiferença.

Respirei fundo, aliviado. Poderíamos consertar isso. Deveria ser algum engano ou talvez medo, mas chegaríamos a um acordo.

Eu estava disposto a qualquer acordo.

— Descobri que não consigo superar tudo isso.

— O passado? — questionei, abrindo os braços. — Você disse que o passado não importava.

— E não importa — ela falou firme —, mas o futuro importa e eu não estou disposta a aceitar as migalhas que me oferece. Eu quero e mereço muito mais do que um homem que não consegue me tocar de forma correta. Preciso de um homem que cumpra seu papel de marido. Você não sabe se isso será possível.

As suas palavras me atingiram com uma onda de tristeza que nunca pensei ser possível. Eu poderia lutar contra qualquer coisa, se ela dissesse que estava confusa, com medo... qualquer outra coisa, eu lutaria. Mas não era o caso.

Eu não era homem suficiente para ela e talvez nunca fosse.

Com ela, achei que o passado poderia ser esquecido ou superado e que só futuro importava. No entanto, o futuro só importava se o passado me tivesse deixado inteiro. O passado deixou marcas que não eram possíveis de ser superadas. E eu não poderia lutar contra isso.

Não era justo que ela ficasse comigo por pena ou qualquer outro sentimento.

Cecília estava certa. Ela era uma deusa e precisava de um homem que a satisfizesse.

Palavras de amor, carinho e dedicação não satisfaziam uma mulher.

Eu não era ingênuo ou inocente. Sabia da verdade desde o início. Mas criei uma expectativa de que tudo poderia ser superado com esse tolo amor que tanto acreditei.

— Tem o seu direito de escolher, Cecília. Não deveria ter me iludido quando disse que tinha ferramentas suficientes para consertar o que quer que fosse quebrado aqui dentro — bati no meu peito —, mas entendo sua escolha. Não tenho o direito de impedi-la. Creio que você tenha a agulha certa, porém o tecido escolhido foi de péssima qualidade. A melhor modista de Londres não pode costurar trapos.

Desta vez, ela não controlou as lágrimas que desceram em abundância por seu rosto.

Eu gostaria de chorar, gritar e dizer que estava tudo errado também, colocar para fora toda a dor que estava sentindo. Não consegui. Era como se desta vez estivesse morrendo tudo por dentro, e isso incluía a esperança que mantive acesa da outra vez.

— Você é o tecido mais nobre que já encontrei, milorde. Foi a minha agulha que se quebrou e perdi pelo caminho as minhas linhas. Eu sinto muito, sinto muito mesmo, mas não consigo encontrar materiais para lidar com os seus tecidos.

Assenti.

Não que eu concordasse com o que estava fazendo, mas tinha desistido de lutar.

Capítulo 23

"Muito se fala e se pensa sobre passado, presente e futuro. Eu só desejo ser feliz, nesta vida, não importa o tempo, não importa quando, afinal, só tenho uma vida para viver. É confuso, mas simples ao mesmo tempo."

(Carta para minha mãe, Londres, 1804.)

MARSHALA

Tentei ser forte, ensaiei o dia todo depois que recebi o seu convite, inventei cinquenta formas de falar que não o magoasse tanto, refiz meu discurso, mudei de ideia, voltei atrás e decidi que a única forma de Vicenzo seguir e me deixar para trás era dizendo que eu queria mais e que o que ele me ofereceu não seria suficiente. Mas nada me doeu tanto. Nada no mundo poderia ter ferido mais minha alma.

As lágrimas escorriam copiosamente do meu rosto, porque eu nunca estaria preparada para vê-lo sofrer dessa forma.

Queria gritar para que ele não fosse o cavalheiro que era, queria berrar que não fosse correto, que não aceitasse o fim com tanta cordialidade. Eu queria tantas coisas... que não eram possíveis.

Como alguém poderia ser tão cruel como Rafael? Nunca desejei tanto na vida ser um homem. Eu iria convidá-lo para um duelo e não teria piedade ao segurar uma arma nas mãos.

Vicenzo tinha um coração de ouro, ele era uma joia rara que estava toda desgastada com o que a vida lhe dera e só precisava de um brilho de amor para reluzir.

Minha mente tentava se convencer de que ele encontraria alguém que o fizesse feliz, mas meu coração não aceitava. Imaginá-lo com outra? Fiz aquilo tantas vezes e sofria só de pensar. Mas pensar que ele tinha outra quando tudo que eu nutria por ele era ódio era muito mais fácil do que imaginar agora que eu tinha certeza que ele me amava e que me apaixonei pelo homem certo.

É muito mais fácil sofrer de amor por alguém que você insiste em odiar.

Ele estendeu as mãos, pedindo que me retirasse.

— Se puder me deixar a sós, por favor — falou, de forma cordial, como falaria com um dos seus empregados.

Odiei isso. Queria que segurasse meus braços e me arrastasse para fora, assim eu teria sua pele próxima à minha, mesmo que com rancor. Eu o queria perto de mim, eu só o queria comigo.

Assenti e, quando me virei, ele indagou:

— Vai se casar com aquele homem?

A pergunta me pegou desprevenida. Não queria responder, pois sabia que a resposta iria matá-lo ainda mais por dentro.

Virei e o encarei novamente.

Seus olhos, desta vez, brilhavam com o reflexo das velas, e não era um brilho de alegria, e sim das lágrimas acumuladas que não escorriam.

— Isso não importa mais...

Ele balançou a cabeça e, então, as lágrimas rolaram por seu lindo rosto. Ele riu de forma sem graça.

— Se estou perguntando, é porque importa para mim. Está fazendo uma escolha, e não sou tolo suficiente para questioná-la. Depois de tudo que lhe contei, eu sabia que esse poderia ser o resultado e, talvez, por isso relutei por tantos anos, mas não me querer não significa que precisa ser colocada em uma gaiola, pois é isso que todos os homens fazem. Você nasceu para ser uma mulher livre, não se esqueça disso.

As palavras me devastaram. Se pudesse lhe dizer que só o amava ainda mais depois de tudo que ele tinha contado. Se pudesse dizer que ele era o meu mundo, que o amava mais que a própria vida e que estava abrindo mão de ser feliz por ele. Ahhh, se eu pudesse dizer tudo que se passava no meu coração neste momento. Mas não era justo. O justo com ele era fazer o certo, mesmo que nem sempre o certo trouxesse felicidade.

Ele bem sabia que Rafael não só me aprisionaria, mas também cortaria as minhas asas para que nunca mais voasse.

Ele tinha o direto de saber a verdade. Eu deveria lhe contar, pedir desculpas, revelar a chantagem e, principalmente, dizer o quanto o amava. Poderíamos ser felizes até em outro país.

Respirei fundo e isso doeu ainda mais. Respirar doía. Sabia que não poderia fazer isso. Vicenzo correria até Rafael, iria chamá-lo para um duelo que colocaria sua vida em risco, uma vez que todos sabiam que ele era incapaz de matar uma formiga. Além disso, estaria tudo arruído com sua vida, seu título que, sim, importava muito, sua honra, sua nobreza... Ele seria motivo de chacota perante a corte. Os danos seriam irreparáveis.

Os meus também, mas eu sobreviveria. Eu daria um jeito, sempre dei!

Tentei engolir as lágrimas porque ele me olhava de forma fria e insensível e porque elas pareciam tolas neste momento, já que a escolha era minha.

— Saberei me cuidar, se é disso que tem medo. Fiz isso durante os últimos anos e, como pode ver, saí-me muito bem.

Sim, eu tinha prestígio, clientes, dinheiro — não aos montes, mas suficiente para ter uma vida confortável —, tinha amigos também, só não tinha mais coração nem alegrias. Não que isso importasse agora.

— Sim, percebo que não é mais aquela moça ingênua que sonhava com coisas bobas como estrelas e que não sabia o que se passava entre um homem e uma mulher. Vejo que sabe bem e por isso procura mais.

Por Deus! Ele estava imaginando que eu já me tivesse deitado com outros homens. Isso era tão, tão, tão absurdo! Nenhum homem me tinha tocado. Ele tinha razão quando dizia que eu não era mais ingênua e que realmente sabia o que se passava entre um homem e uma mulher. Estar no ateliê de costura me fez ouvir muitas coisas, a maioria ruins, por exemplo, a maneira como os homens poderiam machucar e ferir uma mulher na cama, mas, quando me encostava a Vicenzo e sentia tanto prazer, preferia não acreditar no que ouvia, porque sabia que a dor não poderia ser provocada pelo mesmo homem que me proporcionava tanto prazer quando se aproximava do meu corpo. Isso fazia com que eu nunca me imaginasse com outro homem.

Estava prestes a me casar com outro, e não tinha parado um instante sequer para imaginá-lo tocando-me. Pensei, então, com ironia, que com meu noivo, sim, eu poderia sentir a dor e o medo que as mulheres tanto relatavam ter quando as portas do quarto se fechavam e elas se encontravam a sós com seus maridos.

— Pode se retirar — ele falou, quando não obteve nenhuma palavra minha depois das indagações.

Ele apontou para a saída de forma tão fria que desviei do seu olhar.

Sair dali significava um adeus para sempre e minhas pernas fraquejaram perante à realidade disso.

Não consegui me mover. Sempre tinha sido forte diante do mundo e agora descobria que a minha fraqueza era ele. E, como se o universo entendesse a minha dor, senti um pingo de água cair no meu rosto, e depois mais um, então, rapidamente, a água começou a cair, uma chuva inesperada fazendo com que todas as velas que ele tinha acendido se apagassem uma a uma.

A escuridão foi chegando com a chuva e com frio que tomou conta do meu corpo.

Ficamos ali parados por um tempo, então ergui meu olhar novamente em direção ao seu. A luz que vinha de dentro da casa me permitiu vê-lo, ali me olhando, no meio da tempestade que chegou sem avisar.

— Desculpe-me por tudo. Vai encontrar alguém que o faça feliz como merece — falei por fim. As palavras pareciam tão sem sentindo neste momento. Elas não eram sinceras, eram somente uma cordialidade.

— Eu sei — ele respondeu, dando-me um último tapa de realidade na face. — Agora peço que me deixe a sós, Marshala.

O nome saiu com facilidade da sua boca desta vez, deixando claro que a Cecília tinha ido para sempre.

Nunca me senti tão sozinha como agora. Quando perdi Cecília, tinha Marshala, mas agora era como se não tivesse mais nada. O vazio tomou conta do meu peito e só então percebi que Marshala não era nada sem Cecília. A fantasia que construí durante tanto tempo só tinha sentido porque lá no fundo a Cecília sempre esteve ali.

Assenti e lhe dei as costas, saindo rapidamente, porque, desta vez, não consegui segurar o soluço. Deixei que eles viessem com as lágrimas, a dor, o frio e a escuridão.

Quando meus pés se colocaram para fora da casa, encontrei a carruagem de Rafael parada, já me aguardando. Ele desceu, sendo amparado por seus criados que seguravam uma sombrinha.

Na sua mesquinhez, ele não ofereceu abrigo para mim nem estendeu a cobertura.

— Creio que já tenha uma resposta — foi tudo que disse.

Assenti, segurando meu choro. Nunca deixarei minha fraqueza transparecer a ele. Nunca!

As lágrimas continuavam caindo, mas a chuva também. Ela escondia minha tristeza muito bem neste momento.

— Vou me casar com você, Rafael, não tenho outra opção, na verdade. Só me dê um mês.

Ele balançou a cabeça.

— Tem uma semana. Nada mais!

Não o questionei. Ele não deu espaço e também de nada adiantaria. O tempo não resolveria meus problemas e não curaria minhas feridas. Na verdade, o tempo só serviria para me mostrar como tinha sido tola nas minhas escolhas. Talvez, se não tivesse saído de Guildford, se não me tivesse cegado pelo ódio e pela vergonha, tudo poderia ser diferente.

Só que o talvez também não servia no momento, e eu só tinha uma certeza: tinha perdido o grande amor da minha vida!

PAULA TOYNETI BENALIA

Capítulo 24

Nada no mundo poderia me fazer desistir de você. Eu te procuro em todos os lugares e te busco infinitamente em meus sonhos enquanto não te encontro. Não vou parar! Não me permito desistir.

Sempre, durante toda a minha vida, pensei que soubesse o que é sentir tristeza, já que as coisas nunca foram fáceis para mim. No entanto, eu me enganei. Sofrimento senti quando partiu. Senti meu corpo esfriar. Nem todo o fogo que você deixou por aqui aqueceu minha alma.

Você foi o motivo de eu nunca desistir. Todos olhavam e me imaginavam feliz, vivendo no meu castelo como num conto de fadas, enquanto eu me amargurava cada dia mais e mais, desistindo da vida pouco a pouco.

Então você chegou e se destacou dentre todas as mulheres. Você brilhou, e não foi pelas joias que carregava. Você era a joia. Você reluziu e fez sua luz resplandecer por todo o castelo, principalmente pelo de pedras que construí ao redor do meu coração.

Quando eu estava chegando ao fundo do abismo, você apareceu e pegou minha mão, gentilmente me trazendo de volta para a luz. Você é a luz!

Com você, eu voltei a sonhar, a querer viver, a lutar contra toda a escuridão em que me envolvi.

São tantas lembranças, tantas memórias... Eu me lembro de cada detalhe que compõe você. Amo cada detalhe seu.

Lembro-me do dia em que te beijei.

Encostei meus lábios levemente sobre os seus sabendo dos meus limites. Foi como se colocasse fogo em uma pedra de gelo. Senti meu corpo se derreter pedaço por pedaço, até aquecer meu coração, que estava gélido e pálido. E, como o fogo ilumina a escuridão, você me fez enxergar um mundo além, um mundo no qual eu poderia, sim, ser feliz.

Depois de alguns instantes, meus lábios estavam grudados em você e me esqueci dos meus limites. Estar com você me fez esquecer o que fui no passado e me levou a um futuro que eu sonhei tantas vezes.

Você derreteu todos os muros que construí por tantos anos com um único beijo.

No dia em que te beijei, eu lembrei que sou um homem, e não uma sombra de um passado.

No dia em que te beijei, eu vi todas as estrelas que você tanto ama em um céu que sempre foi escuro.

No dia em que te beijei, eu almejei coisas que nunca me foram possíveis.

No dia em que te beijei, eu te amei no mesmo instante. Mas, no dia em que te beijei, o meu mundo clareou tanto que pude ver com nitidez as minhas fraquezas.

Errei quando fraquejei, e não tive coragem suficiente para te dizer toda a verdade. Então você partiu e tudo voltou a ficar escuro. A minha deusa do fogo tinha ido embora e o frio voltou a tomar conta do meu coração.

Construí novamente paredes em volta de mim, só que desta vez deixei uma passagem pela qual você poderia chegar e entrar quando quisesse, sem ser anunciada.

A caminhada até você foi longa, mas teve fim. Eu te encontrei novamente.

Desta vez, além do fogo, você tinha agulhas, linhas e todos os apetrechos necessários para cuidar das minhas feridas, e eu tinha deixado uma passagem para você acessar meu mundo.

Como a deusa que é, você voltou devolvendo-me o fôlego, a vida, os meus sorrisos...

Desnudei minha alma para você, mostrei as minhas fraquezas, meus medos, meus infernos, eu te mostrei tudo, e você sorriu. Sorriu, devolvendo-me a paz.

Só que era tudo uma mentira, uma fantasia da minha cabeça. Você sempre foi uma deusa, mas não para clarear a minha vida. Você voltou e queimou meu coração até não sobrar nada.

Não tenho mais nada. Nem Cecilia, nem Marshala. Você não me deixou nada... Na verdade, me deixou em um vazio, em um abismo sem fim, em uma escuridão completa.

(Cartas para Cecilia ou Marshala, Londres, 1804.)

VICENZO

Debrucei-me no balcão do bar da *Spret House* e pedi mais um gim. Nunca fui de beber, mas o líquido que descia queimando por minha garanta era a única forma de me sentir vivo no momento.

Eu estava estagnado, sem rumo, sem saber aonde ir, estava completamente perdido.

Senti uma mão tocando meu ombro, então olhei e encontrei Pietro parado, encarando-me com estranheza.

— Infelizmente eu conheço de longe um homem bebendo por uma mulher. Creio que esse seja o caso.

Entornei a bebida toda de uma vez em resposta.

— Marshala sabe que está aqui bebendo por ela? — ele perguntou, insistindo.

— Marshala tem outras preocupações no momento que não me incluem.

Ele jogou a cabeça para trás e gargalhou.

— Não, não, meu amigo. Você deve ser a atual preocupação dela no momento. Nataly me disse que estão apaixonados. — Ele colocou a mão sobre a boca. — Minha esposa também me disse para ser discreto e não comentar sobre outras pessoas que não me dizem respeito. Eu odeio ser tão fofoqueiro.

Abri um sorriso tímido. Não estava com vontade sorrir, mas Pietro tinha uma alegria que era somente sua e que contagiava. Mesmo o conhecendo há poucos dias, era nítido como ele era feliz e espontâneo.

— As coisas mudam rápido em Londres, milorde. Marshala está realmente apaixonada, mas não por mim. Está planejando o casamento com outro homem.

Desta vez, ele parou de sorrir e me olhou com estranheza, balançando a cabeça.

— Deve estar enganado. Nataly teria me dito, se isso fosse verdade.

Fiquei quieto e ele enrugou a testa, pensativo.

— Quem seria o homem escolhido por ela, senão você?

— Creio que seja Rafael, o marquês de Sades.

Primeiro ele estalou os olhos, assustado, depois começou a gargalhar e balançar as mãos em negação.

— Não, você está dizendo um monte de besteiras. Com toda certeza foi o gim que bebeu. Não lhe sirvam mais — ordenou a uma dama que estava atrás do balcão. — Está dizendo coisas sem sentido.

Continuei o encarando sem sorrir, até ele parar de gargalhar e me olhar com espanto.

— Você está dizendo a verdade? Isso é sério, e não faz sentido. Marshala é uma das mulheres mais fantásticas e inteligentes que conheci na vida, só fica atrás de Nataly, obviamente — ele falou, orgulhoso. — Ela não aceitaria ser um animal de estimação de Rafael. Eu conheço aquele marquês e ele não vale o chão que pisa. Entra no clube, maltrata as meninas, sente-se o dono do mundo quando, na verdade, é um grande idiota.

Levantei-me do banco.

— Desculpe-me, mas vou me retirar. Na verdade, as escolhas de Marshala não me interessam mais — menti para ele.

— Como não interessam? — Abriu os braços, mostrando-se inconformado. — Se ela te amava até ontem, como vai se casar com aquele imbecil? Não se troca de amor como se troca de vestidos. Aconteceu alguma coisa.

— Nada aconteceu. Ela decidiu que ele era a melhor escolha. Vamos respeitar suas vontades.

Ele colocou uma mão em cada ombro meu, fazendo meu corpo chacoalhar.

— Você precisa acordar desse conformismo. Estou vendo você beber com esta cara de cachorro abandonado depois de perder seu castelo e sua mulher para aquele homem que não sabe respeitar uma dama. Acorde, senão vou lhe dar um soco na sua face para que desperte.

Então ele já ficara sabendo do jogo.

— Perdi no jogo e sou um homem de palavra. Não posso voltar atrás do que foi apostado e Cecília fez sua escolha. Vou respeitar.

— Não! Você não pode respeitar quando a escolha é ruim. Lute, homem!

— Você já foi a uma luta? — perguntei.

— Que pergunta é essa? Claro que já estive em muitas lutas.

— Os competidores entram em um ringue, porque têm certeza que vão ganhar. Ninguém entra pensando que vai apanhar até se cansar. Não se pode entrar em uma luta na qual você sabe que vai perder e que não tem ferramentas suficientes para competir. Não se pode lutar quando sabe que vai fracassar e nunca se entra em um ringue em que a plateia não quer vê-lo.

— Você a ama? — ele perguntou, insistindo.

— Amo como nunca mais amarei ninguém.

— Isso deve bastar.

Ele abriu os braços em constatação.

— Neste caso, o amor é somente um infortúnio, não a solução.

Dei-lhe as costas, encerrando a discussão. Ele não sabia de nada do que se passava entre mim e Cecília. Não tinha como julgá-lo por querer que ela tivesse o melhor, mas estava me irritando ele querer consertar algo que sequer imaginava o que fosse.

Ele não sabia de nada. E nunca saberia.

— O amor nunca é um infortúnio. Ele é a dádiva e a salvação — retrucou nas minhas costas.

— Não se engane, Pietro. O amor nem sempre é a cura. Ele pode ser o próprio veneno — completei, sem olhar para ele, e saí do lugar que, ao invés de me promover a paz que eu buscava, trouxe-me mais tormentos.

No escuro, dentro da carruagem, pensei com tristeza que, na verdade, os tormentos estariam em todo lugar. Não tinha como encontrar paz em lugar algum, porque tudo que me atormentava estava dentro do meu próprio ser. No entanto, mudar de ares seria bom. Decidi que organizaria minha partida de Londres. Iria para uma casa de campo afastada daqui.

Era cedo para voltar para Guildford. Tudo que me lembrasse de Cecília precisaria ficar esquecido por um tempo.

Era isso! Precisava fugir por uns dias. Fugir desse tormento.

Capítulo 25

"Nunca desejei colo como neste momento. Um chá quente e um abraço caloroso para curar minhas feridas. A dor de perder um amor é algo que o tempo não cura, mas o seu amor, mãe, seria um remédio sem sombras de dúvidas.

Hoje decidi que vou enviar todas as cartas que escrevi e escondi por anos. Não tenho coragem de chegar aí sem anunciar. Sei do escândalo e das renúncias que teriam que fazer por me aceitarem de volta. Papai depende dos compradores da cidade para sobreviver com o leite, as carnes e as verduras que leva todos os dias. Sei que as pessoas devem culpá-lo por ter uma filha como eu e que vão renunciar a presença dele em suas casas, mesmo que ele lhes leve alimentos.

O mundo é muito estranho e muito triste. Nunca fiz nada de errado, mas, mesmo assim, devo ser crucificada por todos, porém já me acostumei com isso. Vocês não! Não merecem sofrer por meus erros.

Deixo-os livres para decidirem se posso ou não visitá-los. Na ausência de respostas, não irei, nem os amarei menos por isso. Meu amor só vai aumentar dia após dia. Entenderei se não quiserem me receber.

Vou me casar com um marquês nos próximos dias e, mesmo não estando feliz com essa união, ficaria feliz se pudessem com-

parecer à festa. Vou enviar um convite.
Amo-os muito e para sempre. Perdoem-me por tudo.
Com carinho, Ceália, hoje conhecida como Marshala."

(Cartas para minha mãe, Londres, 1804.)

MARSHALA

Coloquei tudo dentro de uma caixa revestida de tecidos e entreguei ao mensageiro. Uma lágrima rolou por meu rosto. Uma lágrima de esperança. Nunca precisei tanto do abraço da minha mãe como agora.

Escutei um barulho de alguém chegando ao ateliê. Devia ser Helena. Era muito cedo ainda para ser cliente.

Enxuguei as lágrimas, respirei fundo e virei para encontrá-la. Ela sorriu, doce, elegante e linda como sempre.

O seu sorriso me transmitia paz.

— George vai me matar quando acordar e perceber que deixei Susan aos seus cuidados. Ele sempre diz que nenhum outro homem no mundo aceitaria uma mulher como eu. Trabalhando! E, quando diz isso, ah, Deus — ela abriu um sorriso maior ainda —, ele beija a ponta do meu nariz e diz que me ama. No fundo, ele morre de orgulho.

Sorri também. George era um homem muito imponente e importante em Londres, mas, ao mesmo tempo, deixava Helena fazer de si um animal de estimação domado. Era incrível e engraçado, igualmente.

— Você tem sorte — comentei.

— Sei disso — ela confirmou. — Já você está com um sorriso triste. Aconteceu algo entre você e o duque?

Neguei.

— Ora, não minta para mim. Não mais!

— Não vou casar com o duque. Vou me casar com Rafael, marquês de Sades. Preciso que desenhe meu vestido. — Tentei falar com uma empolgação que não era verdadeira.

Seus olhos me olharam com espanto e ela estendeu a mão, paralisando-me.

— Não. Não é possível. Você ama o duque e vai se casar com o marquês? Explique-me isso, por favor, porque algo está errado. Por quê? — Ela me olhou, cheia de perguntas.

— É o melhor para mim.

Balançando a cabeça, puxou uma cadeira e se sentou.

— Não. O melhor para uma mulher é casar-se com o homem que ama. Isso é um privilégio que poucas de nós temos. Quando me casei com George, eu o odiava, mas agora o amo tanto que chegar doer. Você ama alguém, então não vai esquecê-lo casando-se com aquele homem insensível que todos em Londres conhecem.

— Todos falavam mal de George, e olha o marido que tem agora — falei, tentando parecer esperançosa, mentindo para mim mesma, porque sabia muito bem as diferenças entre George e Rafael.

— Não os compare — ela falou, seriamente. — E não se engane. Diga-me todos os motivos dessa besteira, ou não estarei aqui amanhã. Venho todos os dias a esta loja porque amo o que faço, mas, acima de tudo, porque amo você, Marshala. Sempre respeitei seu silêncio e sua forma de ser reservada, no entanto, agora é diferente. Vai se arruinar em um casamento infeliz. Precisa ter um motivo muito forte para isso. Precisa me dizer a verdade.

Puxei a cadeira e falei. Falei tudo por horas, desabafei tudo que guardara por anos, contei as minhas dores, os meus medos, minhas inseguranças e dividi com ela os meus segredos e os de Vicenzo. Eu não deveria dividir os seus segredos, mas sabia que estariam muito bem guardados.

Ela escutou por todo o tempo sem se intrometer, só sendo uma boa ouvinte, segurando minha mão e estendendo um lenço.

Quando terminei de contar tudo, ela me abraçou fortemente, entendendo minha dor e acolhendo minha angústia.

— Eu o amo muito mais que a mim e não posso permitir que ele sofra por tudo isso. Ele vai superar a minha perda, mas um escândalo como esse homem nenhum poderia suportar.

Queria que ela gritasse que eu estava errada, que deveria fazer o contrário e largar Rafael. Mas não. Ela assentiu, concordando comigo, aceitando a minha decisão, porque sabíamos que, acima do amor, estava a honra de um homem. Eu não poderia tirar isso de Vicenzo.

— Sabe, eu amo tanto Susan que não sei o que seria de mim se ela sofresse qualquer tipo de agressão. Eu não suporto vê-la chorar nem por birras — ela disse e secou os olhos. — Como alguém pode machucar o próprio filho, diga-me? Isso é tão terrível. Vicenzo não merece. Ninguém merece. Eu daria tudo para nunca ver minha filha sofrer. Tudo!

Assenti. Ela era uma mãe maravilhosa. Ela era maravilhosa em tudo.

Era uma pena o mundo ter tão poucas pessoas como ela. Londres estava cheia de pessoas que colocavam o poder e o dinheiro acima dos seus corações e as mulheres embaixo dos seus sapatos.

— O que quer para o casamento? — ela perguntou, por fim, abrindo os braços para acolher as minhas ideias, quaisquer que fossem. — Quer preto?

Abri os lábios e sorri. Ter amigos era algo muito bom.

— Quero laranja, a cor do fogo. Quero que Rafael saiba que me obrigou a casar com ele, mas não a ser dele. Não nasci para ter dono. Sou dona de mim e isso ele não vai tirar.

Ela balançou a cabeça e puxou um pedaço de papel e uma pena, então começou a rabiscar alguns traços.

— Preciso de outro favor — indaguei. Ela me pilhou esperando. — Preciso que não conte isso a ninguém. Entende a gravidade desse segredo, não é? Seria a ruína de Vicenzo se isso se espalhasse por aí.

— Claro, minha querida. Seu segredo está guardado comigo. O que acha deste decote? — ela apontou para o desenho que começava a se formar.

— Quero algo mais provocante — falei. — Abaixe um pouco aqui — apontei para o papel —, e vamos colocar um acabamento em preto. O contraste será impactante.

Ela continuou rabiscando e fui até o armário procurar tecidos. Escolhi os que me agradavam e os coloquei sobre a mesa. Aprovamos e comecei a fazer os cortes. Minha mente tentava manter Vicenzo longe. Cada passo que fazia na costura lembrava as promessas que lhe fiz. Todas jogadas ao vazio. Mantive só uma, a de que o amaria por toda a minha vida. Ele poderia se esquecer de mim, mas eu jamais o esqueceria.

Helena foi embora e continuei por aqui, durante todo o dia, emendando com a noite, juntando tecidos, remendando as coisas, costurando os pedaços na tentativa de fazer o mesmo com meu coração.

Mas as linhas eram poucas e a mão de obra não foi suficiente para tapar todos os buracos que havia no meu peito.

As lágrimas já tinham cessado, mas fiquei na escuridão com uma agulha na mão e sem material suficiente.

Acendi uma vela, peguei um dos papéis que Helena usava para desenhar e o tinteiro. Levantei-me, encontrei uma pequena caixa embalada em um tecido laranja e coloquei uma agulha e um rolo de linhas dentro, então comecei a rabiscar umas palavras.

> *Nunca fui boa em contar histórias. Sempre fui boa com agulhas, mas nunca com penas.*
> *Gostaria de contar uma história em que tudo fosse diferente, em que eu pudesse escolher meu destino, em que pudesse mostrar o que realmente se passa no meu coração. Mas a história que vou contar não é um conto de fadas e não tem um final feliz...*

Continuei por horas, rabiscando e escrevendo. Eu gostaria de deixar-lhe uma carta no dia do casamento. Eu queria que ele percebesse o quanto era especial e digno de amor. Mas como contar em palavras aquilo que nem meu próprio coração aceitava?

PAULA TOYNETI BENALIA

Capítulo 26

PIETRO

Sentei-me no escritório tentando organizar meus pensamentos. Tinha muito trabalho acumulado. Era difícil conciliar a *Spret House* com o fato ser marido de Nataly.

Abri um sorriso, pensando em como ela me deixava louco. Não tinha um dia sequer que ela não entrasse por essas portas pedindo-me para socorrer alguma dama em apuros, alguma mulher que precisasse ser protegida. Nos últimos meses, até fugas de mulheres que eram maltratadas por seus maridos vínhamos fazendo na calada da noite.

As pessoas viviam na nobreza, desfilando vestidos bonitos e sorrisos grandes sem mostrar a verdade por trás de tudo isso. Até as mais abastadas vinham sofrendo nas mãos de homens sem escrúpulos. Eram espancadas, estupradas, colocadas em cárcere privado, eram até mutiladas. E o mundo parecia cego. As pessoas não queriam enxergar a verdade. Mas Nataly estava lá, pronta para socorrer quem quer que fosse.

Os boatos do que fazíamos corriam em segredo entre as mulheres e cada vez mais as cartas com pedidos de socorro chegavam até nós. Por isso minha mente estava fervilhando com a ideia da própria amiga se casar com Rafael. Já tinha recebido muitas cartas contando o que aquele crápula fazia entre quatro paredes. Ele era um covarde. Estuprava as serviçais, espancava as prostitutas e continuava como bom moço procurando por uma dama.

Algo estava errado ali. Marshala não era uma mulher boba que se deixava enganar. Tinha algo errado.

Quando minha esposa entrou na sala, despejando os problemas do dia, interrompi-a:

— Temos algo mais importante para resolver hoje — falei, encarando-a seriamente.

Ela enrugou a testa, veio em minha direção e sentou-se no meu colo.

— O que o preocupa, *mon couer*?

Passei a mão por sua barriga, que já estava grande. Meu coração transbordou de amor.

— Marshala vai se casar com o marquês de Sades.

Ela me olhou com espanto e confusão.

— Não, querido, deve haver algum engano. Ela está apaixonada por um duque, um homem respeitável, e ela o ama.

Peguei suas mãos para ver se estavam geladas. Eu odiava que ela sentisse frio. Eram pequenos cuidados que eu amava ter por ela cada dia mais.

Ela abriu um sorriso e, soltando uma das mãos, acariciou o meu rosto.

— Não estou enganado. Vicenzo, o próprio duque com quem Marshala iria se casar, contou-me. — Parei e respirei fundo. — Você sabe muito bem como o marquês é. Ele vai destruí-la e eu sei que, quando o fizer, vai atingir você também, meu amor.

Nataly odiava quando as pessoas que ela mais amava sofriam. Ela abraçava todos e os colocava dentro do seu mundo. Eu sabia muito bem como ela ficaria se a amiga sofresse.

— Ele deve estar chantageando-a — ela falou, de forma firme, encarando-me cheia de certezas. — Vou descobrir, ela não se casará com ele — completou, pronta para lutar.

Passei uma mão por sua barriga novamente.

— Não, querida, eu vou descobrir. Você vai continuar aqui se cuidando para que nosso bebê venha cheio de saúde. Eu cuido do resto.

Ela se levantou, colocando as mãos na cintura, brava. Eu adorava essa expressão também. Ficava linda assim. Acho que não tinha nada nela que eu não amasse. Era até confuso, porque me misturava tanto com ela que era como se fôssemos um só.

— Acha mesmo, *mon couer*, que vou me deitar em uma cama e esperar o sol se pôr e depois nascer todos os dias? Vou agora conversar com Helena. Ela está na loja todos os dias. Deve saber de algo.

Não teimei. Apenas concordei, porque sabia que não ganharia dela.

— Vamos juntos. Preciso falar com George também, então aproveitarei para fazer isso.

George, meu grande amigo. Era estranho como com o passar do tempo nossa amizade ficava ainda mais forte. Era como ter um irmão com laços de sangue.

Peguei sua mão, e saímos para resolver esse assunto.

Passamos pelo bar antes de ir e conferi um carregamento de charutos que acabara de chegar enquanto Nataly verificava as caixas de bebida.

Nosso negócio só prosperava. O clube atravessava fronteiras e pessoas de outros países nos visitavam quando passavam por Londres. Os convites eram cada vez mais seletos, exclusivos e caros! Sim, agora os associados pagam alto para poder entrar na casa.

Quando saímos do clube, reparei em como a nossa carruagem era imponente. Era extravagante, na verdade. Eu havia trocado, afinal, nossa família estava aumentando.

Ajudei-a subir. Ela tinha dificuldades para fazer essas coisas com o avanço da gravidez.

— Vamos chegar sem ser anunciados — avisei.

Ela gargalhou.

— Desde quando preciso de permissão para ver meu tio e minha melhor amiga?

Minha esposa nunca foi de pedir permissão para nada. Ela entrava e fazia o que queria em todos os lugares, ela era minha deusa e não precisava de ordens. Foi isto que ela fez comigo: entrou na minha vida sem pedir licença e ocupou todos os espaços do mundo.

— Não é de bom tom — brinquei, como se nos importássemos com as cordialidades e todas as besteiras que a nobreza ditava em Londres.

Como esperávamos, fomos recebidos com festa. George veio abraçar Nataly e deixou um beijo carinhoso em sua testa. Helena chegou logo em seguida, carregando a pequena Susan nos braços. Ela estava linda e cada dia mais parecida com a mãe.

— Neste horário e sem sermos avisados, só pode ser algum problema — Helena comentou, preocupada.

— Na verdade, sim, *chérie*. Marshala é nossa preocupação, é o que nos traz até aqui. O que tem a me dizer dessa mudança repentina e do casamento com o marquês de Sades?

Ela suspirou e seu olhar se entristeceu. Tinha realmente algo errado.

— Prometi que não contaria a ninguém. São segredos que não podem ser compartilhados.

— Ora, pelo amor de Deus, Helena. Desde quando temos segredos entre nós? E desde quando deixamos uma amiga em apuros? Porque é isso que vai acontecer se ela se casar com aquele cretino. Não podemos permitir

— Nataly falou, balançando a cabeça com firmeza.

Helena apontou para o sofá, convidando-nos a sentar, e passou a filha para o marido, sentando-se também.

Reparei em George segurando a filha no peito, com os olhos fechados e um sorriso no rosto. Era o reflexo do amor. Eu não via a hora de segurar meu filho nos braços e sentir a mesma coisa.

Ele, sempre tão frio, com sua postura arrogante, derreteu-se de amor por um ser tão pequeno. Era esplêndido ver isso.

Voltei minha atenção para Helena, que começou a contar tudo que sabia. A história não era bonita, não tinha um final feliz e era cheia de sujeiras. Fiquei triste por Vicenzo. Conhecia-o pouco, mas o suficiente para saber que era um homem bom e que não merecia os horrores que eu ouvi. Como imaginava, Rafael estava fazendo chantagem com toda aquela história triste.

Apertei meus punhos, sentindo vontade de dar um soco em sua cara.

Tudo fazia sentido. Se o passado de Vicenzo viesse à tona, seria uma vergonha sem tamanho, mesmo ele sendo inocente em tudo aquilo.

Mas não teria ele o direito de saber a verdade e, então, decidir se preferia a vergonha ou perder o amor da sua vida?

Nunca me importei de estar ao lado de uma prostituta. Nunca me importei de estar ao lado de uma mulher forte, carregada de escândalos e que fazia de mim o que queria. Nunca me importei com nada disso, porque nem em Londres nem em qualquer outro lugar eu encontraria uma mulher linda e de um coração tão perfeito como o seu. Ela colocava todos os outros na sola do seu sapato.

Escutar piadas, portas na cara, falta de convites para festa, pessoas levantando-se da mesa quando me aproximava como se eu fosse sujo... Tudo isso fazia parte do meu mundo. Um mundo em que escolhi viver com ela. E só ela importava, porque era o meu mundo todo.

Será que Vicenzo não escolheria o mesmo?

— Entendem por que precisam esquecer essa história e deixar Marshala seguir sua vida? Podemos protegê-la mesmo dentro do casamento. É isso que faremos como boas amigas.

Mas eu sabia muito bem que ninguém tinha poder de proteger o coração dela.

Assentimos concordando, no entanto, dentro de mim isso estava martelando. Não conseguia aceitar essa situação.

Em silêncio, decidi que encontraria Vicenzo. Daria a ele a chance de decidir o que fazer. Era direito de um homem decidir se lutaria ou não pela mulher que amava.

Só precisava de uns dias para olhar os livros da *Spret House*. Rafael deveria ter algum podre escondido por ali. Se ele sabia jogar sujo, nós sabíamos muito mais.

Depois de tomarmos uma bebida, voltamos para a carruagem em silêncio.

Meu olhar cruzou com o de Nataly e eu já conhecia o que significava.

— Não vamos ficar de braços cruzados, não é, *mon couer*?

Abri um sorriso e balancei a cabeça.

Claro que não! Essa era a minha Nataly, a minha deusa do amor.

Paula Toyneti Benalia

Capítulo 27

"Eu seria capaz de enfrentar o mundo por você. Não me importo com homens importantes, nem reis, nem exército algum. Posso ser visto como pacífico e muitas vezes até como fraco, mas, por você, eu enfrentaria um leão. Por você, eu moveria uma montanha."

(Cartas para Cecília, Londres, 1802.)

Precisava levantar da cama. Precisava reagir.

Abri os olhos e encarei o teto do quarto todo cravejado de ouro formando arabescos sem sentido. Tinha mandado tirar o dossel da cama, então isso me permitia vislumbrar a imagem. Nos últimos dias, eu me sentia preso, sufocado e todo esse tecido em volta dela me fazia perder o ar.

Era hoje o grande dia.

O evento não deveria ser muito noticiado, já que Cecília se casaria com um marquês sem muita importância política e ela era só uma modista, mas a cerimônia grandiosa que estava sendo preparada fez com que toda Londres não falasse de outro assunto.

Toda a burguesia estava convidada. Uma pilha de convites foi distribuída na última semana e um palácio central da cidade estava sendo enfeitado por dias para receber o grande evento.

Seria uma cerimônia grande o suficiente para esfregar em meu rosto que agora Marshala tinha outro dono. Sim, porque, casando-se com ele, ela seria uma propriedade do marquês. Era assim que os casamentos funcionavam.

Como seria diferente comigo?

Ela nunca seria minha propriedade. Ela seria minha companheira, minha mulher e minha dona. Ela sempre me teve por inteiro.

Abaixei o olhar e encontrei os baús de madeira acumulados no canto do quarto. Partiremos de volta para Guildford esta noite. Não voltaria para o castelo que um dia foi meu, mas tinha minha residência em lindos campos ao redor da cidade. Seria bom respirar ar puro e a reclusão também me faria bem por um tempo.

Levantei-me com algum esforço, obrigando-me a ser forte desta vez. A vida tinha que continuar, as responsabilidades se acumulavam na mesa do meu escritório e tinha um chamado urgente no parlamento que eu vinha ignorando há dias.

Depois de me vestir, fui direto para o escritório, sem vontade de comer nada.

Meus olhos se puseram diante do convite que estava por cima dos outros papéis. Sim, eu tinha recebido um convite para vê-la se casar.

Recusei. Estava na hora de deixar todo aquele passado para trás.

Tinha passado cinco anos da minha vida atrás dela sem pensar que precisava primeiramente cuidar de mim. O "até" tinha sido o erro. No final, ela não me aceitou, não fui o bastante para Cecília.

Peguei o convite com raiva, amassei e joguei na lareira.

Não foi o suficiente para me fazer sentir melhor.

Estava tão cansado de ser polido, correto. Estava cansado de fazer o certo.

Olhei para todos os papéis em cima da mesa e num surto de raiva passei as mãos por ela e joguei tudo para o chão.

Só queria me sentir melhor.

Assim fui jogando vasos, cadeiras, livros e vendo como cada coisa se espalhava no chão. Algumas se quebrando, outras só fazendo barulho e os papéis voando.

Ouvi a porta se abrir, e não parei para ver quem era.

Eu só queria que a raiva passasse. Estava cansado de guardar, de esconder, de fingir que estava tudo bem com um sorriso.

Nada estava bem! Eu queria ir até Marquiel e cravar um punhal no seu coração como ele fizera comigo. Eu desejava ir até a minha mãe e arrastá-la para aquele cômodo para que visse o que me tornara. Eu almejava convidar Rafael para um duelo. Queria buscar Cecília e trazê-la para minha cama, mostrar-lhe que eu poderia ser suficiente para ela. No entanto, tudo isso ficaria no desejo, pois eu não era capaz de fazer nenhuma dessas coisas.

Fui até a estante e comecei a arremessar os livros pelas paredes.

Minha visão ficou turva, apertei os olhos e uma lágrima escorreu. Odiei ainda mais senti-la. Homens não choram.

Dei um grito de raiva. Homens não demostram fraqueza, não compartilham tudo o que eu tinha compartilhado com Cecília.

Homens eram rudes, cruéis, sem sentimentos. Era assim que deveria ser.

Procurei por mais alguma coisa para arremessar, e só então me dei conta de que não tinha mais nada.

Cansado, apoiei as mãos nos joelhos, sentindo o peso de todos aqueles anos. Era muita coisa para carregar.

Ergui o olhar e encontrei meu lacaio parado na porta, assustado, olhando-me sem reação alguma.

Quando nossos olhares se cruzaram, vi uma caixa em sua mão. Fiz sinal para que ele a deixasse na mesa e ele obedeceu.

— Saia e feche a porta — ordenei.

Era mais alguma coisa que eu poderia jogar no fogo. Fui em direção à mesa e parei para observar a caixa toda revestida de tecido laranja e firmada com fitas pretas.

Abri e encontrei novelos de linha, agulha, tesoura, botões e uma carta.

Meu coração ferveu de raiva e a esperança veio à tona.

Com as mãos trêmulas, peguei o papel.

Era a letra dela. Eu conhecia muito antes de ler. Tinha o seu cheiro, o cheiro de lavanda.

Vários e vários trechos estavam rabiscados durante toda a escrita, como se alguém procurasse palavras, e não as encontrasse.

Relutei por um instante antes de ler. Deveria continuar com esse tormento, sendo fraco como era ou fazer de um propósito e esquecê-la?

Eu leria, porque Cecília seria minha eterna fraqueza.

Nunca fui boa em contar histórias. Sempre fui boa com agulhas, mas nunca com penas.

Gostaria de contar uma história em que tudo fosse diferente, em que eu pudesse escolher meu destino, em que pudesse mostrar o que realmente se passa no meu coração, mas a história que vou contar não é um conto de fadas e não tem um final feliz...

O DIA EM QUE TE BEIJEI

Sei que nunca vai me perdoar. Sei que nunca vai me entender, mas só quero que saiba que tudo que fiz foi por você por amar você.

Uma carta Uma vida não seria suficiente para dizer o quanto sinto e o quanto te amo. Por isso decidi enviar meus artefatos de costura, pois essa é a única forma que consigo me expressar, sempre.

Você não deve saber sabe o que é um alinhavo. Essa destreza da costura serve para manter unidas duas ou mais camadas de tecidos juntas temporariamente. Você pega a agulha e a linha e faz pontos largos tentando prever como ficará a costura final. Ele é muito importante porque, se você quiser ajustar algo, pode fazê-lo sem que perca o trabalho. Um punho que não ficou no lugar correto; o comprimento que não ficou ideal...

Passei a minha vida inteira fazendo alinhavos, mas não foram somente nos tecidos, e sim com meu próprio destino. O medo de me machucar fez com que eu fugisse da costura final. Então saí fugi de Guildford. Foi mais fácil do que lutar por você. O que as pessoas nunca reparam é que, mesmo o alinhavo sendo provisório, quando você o desmancha, as marcas da agulha não se apagam do tecido; embora sejam tão imperceptíveis que ninguém as vê.

Cheguei a Londres e continuei fazendo alinhavos em tudo! E as marcas foram ficando por toda minha existência.

O que eu não esperava é que você voltasse.

Então você voltou. Esperei todos os dias por isso. Escondi-me e esperei ser descoberta. Nunca me esqueci de você, nem por um piscar de olhos. Você esteve sempre aqui, e não como um alinhavo permanente, mas sim como uma costura feita por mãos tão firmes que somente rasgando o tecido poderia ser desfeita.

Ousei sonhar, coloquei cores nas costuras, adereços de felicidade e, principalmente, bordei muito amor.

Só que esqueci...

Só não me atentei a fechar bem as cavas e colocar os botões ideais.

Ficaram buracos, pontos soltos, então alguém entrou e estragou toda a minha costura.

Escrevo esta carta, a única forma que sei para me expressar, para que entenda que nunca foi você o motivo de eu ter escolhido outra peça para vestir. Estragaram a minha costura e minhas mãos não foram suficientes para consertar o estrago justamente porque tocaram a minha peça minha criação mais preciosa: você.

Hoje estou vestindo-me de laranja, porque nunca vou deixar de ser sua deusa do fogo, mas me adornei de preto, fiz alinhavos por todo o vestido com a cor escura, porque ela representa a cor da minha dor.

Estou me casando, mas sempre serei sua meu coração sempre pertencerá a você. Não pense que você é um vestido que fiz e perdi o interesse. Você é o mais valioso e, por isso, ficará guardado aqui, no meu coração, onde eu posso vislumbrá-lo todos os dias sem que o tempo o desgaste ou que se perca o valor.

Eu te amo infinitamente.

Deixo com você minha caixa de ferramentas de trabalho. Espero que seja útil para você construir novos amores vestidos. Você merece ser feliz, muito mais que todos os outros homens do mundo, porque tem um coração bondoso. Desconheço outro igual.

Terminei de ler a carta com as mãos trêmulas, sem entender por que ela me amava e tinha me abandonado dizendo coisas tão cruéis. Não fazia sentido.

O DIA EM QUE TE BEIJEI

Mas fazia menos sentido ainda deixá-la se casar com outro. Se ela me amava ainda, nada mais importava. Eu iria buscá-la nem que fosse para roubá-la, nem que fosse para enfrentar um duelo.

Estava cansado de ser o bom moço.

Abri a gaveta e procurei o revólver que eu não tinha. Senti raiva. Que homem não tinha um revólver na gaveta?

Olhei para a caixa e vi a tesoura. Teria que servir.

Respirei com dificuldade, ofegante, tentando manter a ordem dos pensamentos. Olhei para a janela e vi que estava escuro, então me desesperei. Ela já deveria estar se casando, por isso a carta só chegou nesse momento.

Saí em disparada, peguei um cavalo que encontrei na rua sem saber quem era o dono, subi e corri.

Meu coração martelava com cada galope.

Corri como se minha vida dependesse disso, porque, na verdade, eu estava indo buscar a minha vida. Nada mais importava. Só esperava que não fosse tarde.

Passei muito tempo anestesiado pela dor do passado.

Agora era hora de lutar.

Capítulo 28

"Espero que minhas cartas tenham chegado até vocês. Espero que vocês estejam na igreja. Isso será meu alívio. A única coisa que me move e me dá forças de ir para este casamento é a esperança de vê-los. Eu os amo e sinto saudade. Guardarei esta carta para entregá-la pessoalmente. Tenho fé que vou abraçá-los hoje."

(Cartas para mãe, Londres, 1804.)

MARSHALA

Olhei para o meu reflexo no espelho, sem ânimo algum.

Sempre me animava com as criações dos meus vestidos. Era uma paixão. Esse, no entanto, mesmo sendo esplêndido, não me trazia alegria alguma.

De todas as minhas produções, esse vestido era o mais escandaloso.

A ideia era chamar a atenção, e não passar despercebida.

Um vestido era como a identidade feminina. Quando uma mulher se vestia, só de olhar você saberia se ela era recatada, refinada, romântica, fervorosa, escandalosa...

Uma dama elegante não vestiria nada vulgar. Uma mulher tímida nunca colocaria um grande decote. Uma boa moça nunca usaria nada vermelho.

Mesmo não estando feliz, queria deixar claro para Rafael que ele não estava casando com uma mulher fraca, romântica e submissa, que vestiria cores claras e um vestido charmoso. Entrando na igreja, eu deixaria claro que nunca abaixaria a cabeça para ele ou para homem nenhum.

O tom laranja do tecido reluzia com as velas e não deixava dúvidas de que essa noite ficaria marcada. O corpete *à la Sevigné* deixava a cintura marcada e, em destaque, os seios perfeitamente contornados. Por cima do cetim alaranjado, a renda preta delicada formava um bordado por todo o corpete e fitas pretas formavam cuidadosamente um trançado nas costas até a emenda com as saias, que eram um espetáculo à parte. Feitas por camadas de musselina e cetim, tinham um farfalhar e uma leveza que faziam o corpo flutuar aos olhos de quem visse meu andar. Uma tira frontal preta cortava o meio do vestido, fazendo destaque ao laranja cintilante.

Ergui a mão e acertei as mangas que eram bufantes e feitas com enchimentos macios.

Abri mão das luvas. A nudez dos braços era para completar o escândalo.

Arfei, respirei fundo e criei coragem.

Era hora de partir. A carruagem já me aguardava.

Muitos anos atrás, eu tinha colocado fogo em Guildford, o que sempre considerei uma vingança, mas, no fundo, sempre foi uma tentativa de ficar marcada na vida de Vicenzo. Entretanto, quem ficou marcado foi meu próprio coração. Marcado por uma tristeza sem fim.

Essa noite estava me sentindo como um animal indo para o abate depois de um sacrifício, adornada para parecer bela. Encarei meus próprios olhos e eles estavam distintos de tudo. Não havia beleza neles, somente uma escuridão infinita. Senti-os ficarem turvos e respirei fundo. Não era hora de esmorecer. Passei as mãos pelas saias para que elas assentassem, mas, na verdade, foi um afago para tentar me convencer de que tudo ficaria bem no final.

Mas que final era esse? Como ficaria tudo bem quando eu tinha perdido o amor da minha vida?

Balancei a cabeça. Não adiantava lamentar. A carruagem me esperava. Ela era um brasão, não de aluguel. Isso mostrava claramente que agora eu pertencia a Rafael, mesmo não tendo nascido para pertencer a ninguém. No fim das contas, a vida me mostrava que as mulheres sempre perdiam o jogo desleal em Londres.

O caminho até a igreja foi como se tivesse sentido o cheiro de ópio. Era como se o mundo estivesse longe, como se nada fosse real, como se eu estivesse sendo carregada sem minha a permissão. Era como se eu não estivesse ali!

Dois cavaleiros me ajudaram a descer da carruagem. O vestido pesava e a dor no coração massacrava.

Abaixei o véu sobre o rosto e segui sozinha para a primeira sala da igreja, onde alguém logo me buscaria para entrar. Eu esperava que fosse meu pai.

Abri a porta e a sala estava vazia. Ninguém esperava por mim.

Apoiei minhas mãos no batente da porta e olhei para o chão, buscando apoio.

Eu estava sozinha. Estive por muito tempo, mas nunca a realidade me pareceu tão clara como agora.

Ergui meu olhar e ele se cruzou com Helena chegando de braços dados com o seu duque, caminhando em minha direção com um sorriso caloroso no rosto.

Uma lágrima escorreu por meu rosto, uma lágrima de alívio. Eu tinha amigas! Tinha alguém por mim.

Ela se soltou dos braços do marido e veio me abraçar sem dizer nenhuma palavra e, ao mesmo tempo, dizendo-me tanto.

— Nataly está atrasada. Disse-me que está atrás de documentos importantes. Mas, não se preocupe, ela também estará aqui em breve.

Assenti, passando a mão no rosto e afastando-me.

— Desculpe-me por isso — falei, secando as lágrimas. Eu parecia uma tola chorando.

— Não se culpe por chorar, querida. Chorar é nosso melhor remédio muitas vezes. Demonstrar fraqueza só nos faz mais fortes, lembre-se disso.

Assenti. Eu sempre gostei de ser a mais firme, a durona, a que nunca esmorecia, quando muitas vezes meu coração estava quebrado.

— Agora devemos ir — ela falou, pegando as minhas mãos —, mas lembre-se de que você pode desistir se quiser. Não é obrigada a nada. Nenhuma mulher é!

Assenti novamente. No entanto, não era uma obrigação casar-me com Rafael. Era amor. Estava me casando por amar Vicenzo e querer protegê-lo do mundo.

Amor não é só beijos, abraços e desejos. Amar de verdade é querer chorar as lágrimas do outro.

— Não vou desistir, afinal, fizemos esta criação impecável — apontei para o vestido e sorri entre as lágrimas —, então precisamos mostrá-la ao mundo. Mostrar como somos as melhores.

Escutei passos e pensei ser Nataly.

Ergui o olhar sobre os ombros de Helena e lá estava minha mãe, de braços abertos, esperando-me.

Corri até ela, a distância era curta, mas a saudade era gigante, então a abracei, desta vez, soluçando e sem me preocupar em ser forte ou elegante.

Ela estava aqui! Depois de tudo, ela continuava aqui.

O seu cheiro era cheio de amor, seu abraço tinha mais calor que todo o fogo do mundo e a força com que ela me apertava agarrava todo o meu coração.

Não sei por quanto tempo fiquei no seu abraço.

— Você está aqui... — falei, por fim.

— Sempre estive, minha filha. Foi você quem se foi.

Senti meu coração apertar. De amor!

— Como pôde imaginar que daríamos as costas para você, Cecília? — Ela se afastou e me olhou cheia de ternura, secando as minhas lágrimas. — Quando imaginou que você seria uma vergonha em nossa casa?

Balancei a cabeça.

— Não, mãe, vai muito além disso. Vocês seriam todos condenados por um crime que eu cometi sozinha, condenados a viver na miséria, minha irmã condenada a viver sozinha para o resto da vida. Acha mesmo que alguém a aceitaria?

— Um filho só precisa ser aceito por sua mãe, o resto do mundo não importa. Nunca se esqueça disso, Cecília. Eu sempre estarei aplaudindo você, seja por suas conquistas ou por suas derrotas. Você sempre será minha menina, o amor da minha vida e minha maior riqueza.

Assenti e o movimento fez mais lágrimas rolarem. Ela estendeu a mão e as secou com a ponta dos dedos. Eles estavam quentes, como meu coração nesse momento.

— Você não precisa me impressionar para ser a coisa mais importante da minha vida. Não precisa casar com um duque, um marquês... Você só precisa estar feliz. Você está feliz, minha vida?

Neguei. Estava farta de mentir e de fugir. Eu não estava feliz.

— Às vezes, precisamos escolher entre amar ou ser feliz. Assim que nos apaixonamos, a felicidade fica como um cristal fino, frágil, que pode se partir a qualquer momento. O meu se quebrou em muitos pedaços. Agora não posso mais ter as duas coisas.

A tristeza estampava o olhar da minha mãe. Eu lhe contaria tudo, eu queria, na verdade, deitar no seu colo enquanto ela afagava meus cabelos e lhe dizer toda a história, mas não tínhamos tempo.

Alguém entrou na sala e anunciou que tinha chegado a hora.

Não tinha mais para onde fugir, nem o colo da minha mãe poderia me salvar.

Era uma questão de escolha. Escolhi amar e abri mão da felicidade, porque amar de verdade era isto: assumir o risco de fazer uma grande aposta e, talvez, no final, perder tudo.

Amar é arriscar, como confeccionar um vestido diferente, cheio de cores e extravagâncias. Você poderia encantar ou assinar sua sentença como modista.

Amar é colocar seu coração na mão de alguém sem saber exatamente o que ele fará. Eu soube que Vicenzo jamais machucaria meu coração propositalmente. O grande problema é que ele também depositara seu coração em meu poder e eu não poderia fazê-lo sangrar.

No final de tudo, a grande verdade é que amar é o mesmo que se meter em uma grande emboscada.

Assenti para Helena, George e minha mãe, então saí, acompanhando o homem que nos esperava. De longe, pude avistar meu pai, que sorria com orgulho, pois, enfim, casaria sua filha.

Passei a mão mais uma vez por toda a saia do vestido, certificando-me de que estava impecável. Senti uma pequena linha solta. Um pequeno fio que passara despercebido na costura.

Agarrei-me a ele como alguém que se agarra a um último fio de esperança, mas sabendo, no fundo, que só um milagre poderia me tirar desse casamento.

E eu não acreditava em milagres!

Paula Toyneti Benalia

Capítulo 29

"Não me importo com nada! Coloco-me em um duelo, pulo montanhas, atravesso rios e encaro o fogo, faço tudo por você! Só preciso encontrá-la a tempo e ter certeza de que me ama. O restante é só o restante, algo sem importância. No final, o que vale mesmo é o amor que sinto por você. E ele é inexplicável!"

(Londres, 1804.)

VICENZO

A distância era curta, mas o tempo parecia interminável. Eu não poderia perdê-la. Minha mente imaginava formas de ficar com ela, mesmo que se casasse. Em um minuto, em pensamento, tornei-me até um assassino. Ri desse raciocínio, porque era ridículo e improvável.

Estava enlouquecendo. Precisava dela. Ela era minha ou, na verdade, eu era dela!

Na porta da igreja, ao longe, avistei Pietro. Desci do cavalo com uma destreza que eu não tinha e fui ao seu encontro. Ele segurava a mão de sua mulher e me olhava, pasmo.

— Tentamos impedir — ele falou, sem que eu pedisse. — Tentamos tudo, e sei que tem muito a se fazer, mas o tempo não foi nosso amigo e, infelizmente, não temos os documentos necessários para ameaçar o barão.

— Ameaçar? Não precisamos disso. Vou entrar e impedir esse casamento. Ela me ama, não sei por que poderia se casar com aquele verme!

Ele balançou a cabeça e olhou para seus próprios pés.

— Ele a está ameaçando — Nataly disse. Encarei-a, prestando atenção. — Ele sabe do seu passado, sabe de tudo e está ameaçando Marshala com artifícios sujos que incluem sua mãe e seu padrasto espalhando coisas por toda a Londres.

Passei a mão pelo rosto, exasperado, tentando absorver o que ela me dizia.

— Deve haver um engano, não pode ser, ela...

Ela estava me protegendo. Isso me atingiu de tal forma que senti uma dor aguda no coração. Ela estava me protegendo, por Deus, quando, na verdade, ela precisava de proteção.

Fiz menção de sair rumo à igreja, mas Pietro me segurou pelos braços e me encarou. Havia preocupação e afeto em seu olhar.

Eu não o conhecia o suficiente, mas soube por como me encarou que ele era um homem único, de coração bom e leal.

— Sabe as consequências, não é? Se for atrás dela, ele irá duelar com você e sua reputação ficará manchada por toda a cidade. Perderá credibilidade, influência e o respeito de todos. As pessoas não irão entender o que realmente aconteceu e você será visto como alguém sujo por toda a sociedade. Será o fim de um dos ducados mais importantes no parlamento. Sua palavra será um fiasco.

Apoiei minha mão em seu ombro.

— O meu fim será perdê-la. A única coisa que desejo influenciar é o amor de Cecília, o único respeito que almejo ter é da mulher que amo... Eu sou um fiasco sem ela.

— De nada servirá tudo isso se você estiver morto depois de um duelo — Nataly falou, alertando-me. Seu olhar era de súplica.

Abri um sorriso.

— Eu estou morto sem ela. Vou entrar nessa igreja e pegar de volta o meu motivo para existir, a minha paz, a minha alegria, a minha vida.

Eles assentiram, porque entenderam que nada importava sem ela e porque nada me faria parar.

Corri pelas escadas, sem olhar para trás, pulando degrau por degrau, sem medo de cair, sem medo de nada. Eu só tinha medo de perdê-la. Nunca tinha tido tanta coragem em minha vida.

Com as duas mãos espalmadas, empurrei a porta de madeira pesada com tanta força que ela se abriu, batendo na parede.

E lá estava ela, linda, com as mãos sobre as dele, esperando pelo padre que fazia a cerimônia.

O barulho fez com que todos olhassem para o fundo da igreja e ela vagarosamente virou seu rosto e nossos olhares se cruzaram.

Meu coração deu um pulo. Meu corpo se arrepiou e meu mundo se aqueceu. Tinha vida de novo. Eu tinha sonhos, desejos e planos.

Ela abriu a boca como se tentasse dizer algo, ou de espanto, ou as duas coisas juntas.

Respirei profundamente, porque olhar para ela me roubava todo o ar e me fazia perder os sentidos. Ela estava linda. Ela era linda!

Os burburinhos começaram por toda a igreja e só serviram para me dar mais um fôlego.

Desta vez, a passos lentos, caminhei até ela. Cada movimento era um tempo a mais para me recuperar de tanta beleza. Eu não enxergava mais nada. Não tinha padre, noivo ou qualquer convidado. Só ela, iluminada pelas velas, reluzindo beleza...

Nossos olhares não se desviaram nem por um instante. Não piscamos, não nos perdemos de vista e, com força, como quem demostra o que sente sem palavras, puxei as suas mãos, mas o movimento brusco fez com que ela se desequilibrasse e caísse em meu braços.

Amparei-a. Eu sempre estaria aqui para ela. Eu nunca a deixaria cair.

Nada precisou ser dito, nada explicado.

Ergui seu rosto até colá-lo ao meu e beijei-a. Não se deveria beijar uma dama em público, muito menos quando ela estivesse se casando com outro. *Mas o que isso me importava?* Sorri ao pensar nisso.

Meus lábios pediram passagem, minha mão pousou firme em sua nuca quando a senti esmorecer. Explorei toda a sua boca e mordi seus lábios.

O restante eu deixei para quando ela estivesse nua mais tarde em meus braços.

O desejo tomou conta e inflamou meu peito, e a dor não veio. Era só amor, desejo e felicidade.

O mundo ecoava ao longe, sem importância.

Rafael gritava algo que eu não me importava, as pessoas falavam alto e o mundo ao redor parecia ruir, porém nada importava, porque meu mundo estava começando a ser construído nesse momento.

Peguei sua mão e assenti, pedindo sua permissão para tirá-la daqui. Ela respondeu com um sorriso, talvez o mais bonito que já tinha visto em seu rosto.

O DIA EM QUE TE BEIJEI

Era como os sorrisos que dava em Guildford. Era puro, era sincero, era de amor.

Entrelacei meus dedos com os seus e saí correndo, levando-a comigo.

Ouvi gritos e, quando estávamos chegando à saída, vi Rafael andando em nossa direção com uma arma em punho. Ele queria um duelo aqui mesmo, ao que parecia. Mas eu não tinha tempo para ele no momento.

Eu queria Cecília como nunca, então o resto não importava nessa hora. Talvez no amanhecer, mas não agora.

Coloquei-a em minha frente, protegendo-a, e continuamos correndo.

Ela parou por um curto instante e vi seu pé direto se mover pela grama até alcançar um castiçal apoiado na entrada na igreja. Ela o chutou e, então, voltou a correr, puxando-me com ela.

O cavalo estava logo ali. Ergui-a com facilidade e subi em seguida, mas, antes de sair, olhei para trás e vislumbrei todos fugindo da igreja pela porta dos fundos, porque a frente do jardim estava tomada pelo fogo.

Cecília incendiara Guildford e agora tinha acabado de incendiar Londres, entretanto, nada disso importava, porque o que mais inflamava era meu corpo almejando pelo seu.

O coração era o que mais queimava.

A minha deusa do fogo estava aqui, nos meus braços, na minha vida... Ela era minha e nunca a deixaria escapar!

Não mais!

Tinha perdido muito tempo sem ela, tinha vivido de um passado que impregnava em minhas veias e não me deixava seguir. Viveria do agora com o meu maior presente e de um futuro no qual estar com ela seria a minha real preocupação.

— Ainda tem linhas para terminarmos nossa costura? — gritei, enquanto o cavalo galopava sem destino, deixando Londres para trás.

Ela abaixou a cabeça e encostou bem perto do meu ouvido. Seu corpo colado ao meu, suas mãos passando pela minha cintura e apertando-me.

— Creio que não precisaremos de apetrechos de costura, porque estarei nua, milorde — ela sussurrou, em meu ouvido.

Eu vi estrelas, muitas, e a noite estava escura, o céu nublado; sequer se via a lua.

CAPÍTULO 30

"Sim, esta noite deixei Marshala em Londres. Só quero ser Ceália, só quero ser dele. De tudo que me ensinou na vida, mãe, a maior lição sempre foi sobre o amor. Você nunca se importou com dinheiro, com burguesia, com escândalos e agora posso ver isso nitidamente. Vou aceitar ser amada. Há tempos eu busco felicidade sozinha, e descobri que posso até ser completa assim, mas não feliz. Eu o amo! Aceitei isso, então vou agarrar esse amor e nunca mais o soltarei. Em breve, vou a Guildford encontrar vocês, mas, dessa vez, sem medo, sabendo que a porta de casa e seus braços sempre estarão abertos para me receber. E o meu coração também, pronto para fazer morada aí."

(Cartas para minha mãe, Londres, 1804.)

MARSHALA

Estávamos andando havia um tempo, correndo pelas estradas umbrosas. A noite estava muito escura. Entretanto, minha vida parecia iluminada. Não perguntei aonde ele me levava. Confiava a minha vida a Vicenzo.

Quando o dia começou a clarear, dando seu espetáculo particular, avistei ao longe uma propriedade. Eu não fazia ideia de onde estávamos.

Ele foi diminuindo o ritmo do cavalo e aproximando-nos vagarosamente do lugar.

A propriedade não era grande como a de Guildford, mas era muito maior do que todas as casas em que já morei na vida. O lugar era charmoso e cercado por verde, que se destacava da casa branca.

— Chegamos! É um lugar simples, mas, das minhas propriedades, é a de que mais gosto. Ela não me faz andar até cansar para encontrar meu quarto e nunca me perco dentro desta casa — falou, virando o pescoço e sorrindo.

— Tenho certeza de que vou adorá-la. Estou com você, então qualquer lugar será perfeito.

O cavalo parou abruptamente e Vicenzo pulou, ajudando-me a descer em seguida. Com seus braços fortes, ele me ergueu no ar, mas não me depositou no chão. Colocou-me sentada em suas pernas. Abracei seu pescoço e as suas mãos se depositaram em minhas nádegas, fazendo-me colar em seu corpo.

Fui tomada por uma onda de prazer e, sem conseguir me controlar, entrelacei uma das minhas mãos em seus cabelos e puxei seus lábios até os meus.

Não era a postura de uma dama. E o que importava? Nunca sonhei em ser uma dama perfeita, somente uma mulher feliz.

Ele entreabriu os lábios e sua língua pediu passagem, fazendo-me perder a consciência. Meu corpo ansiava por mais, minha pele queimava e ele soltou uma das mãos para segurar minha cabeça e intensificar o beijo.

Estávamos ao ar livre, sem nos preocuparmos com ninguém, e eu nunca me senti tão livre como nesse momento.

Ele se afastou e encostou os lábios em meu ouvido.

— Deveríamos nos casar primeiro. Você sabe disso, não é? — comentou, assenti. — Quer que eu procure um padre agora? — ele pediu, resmungando baixo. Exalava prazer a sua voz.

Engrandeci por estar em seus braços, porque minhas pernas perderam a força.

Balancei a cabeça, negando. A última coisa que queria no mundo era ver um padre agora.

Afastei-me o suficiente para olhar em seus olhos.

A imagem era perfeita.

Eles brilhavam de desejo, sua boca estava vermelha pelos beijos e seus cabelos, despenteados.

Vicenzo era um homem lindo!

— Se fosse para fazer o que é certo, teria me deixado casar com Rafael. Estamos aqui para fazer coisas erradas, não é? — questionei-o, sorrindo, cheia de malícia.

— Gostei muito da sua resposta, então podemos melhorar. Já que é para fazermos o que é errado, vamos fazê-lo direito.

Ele me segurou com força e caminhou em direção a casa.

A porta foi aberta por alguém, e dois serviçais olharam envergonhados. Imaginei que fossem a governanta e o lacaio.

— Podem nos deixar a sós — ele ordenou.

Eles assentiram e partiram.

Senti minha bochecha corar de vergonha.

Sem perder a força, ele me levou pelas escadas até o segundo andar e empurrou a porta do primeiro quarto com os pés, depositando-me na cama adornada por um dossel todo dourado.

Eu deveria prestar atenção ao quarto e ver como era bonito, mas tudo que conseguia enxergar era Vicenzo trancando a porta e tirando o paletó.

Ele me olhou com os olhos ardendo de desejo.

— Você me enlouquece, Cecília, de todas as formas. Perco-me em seu olhar, perco-me só de pensar em você, não sei onde termina meu eu e onde começa você.

Suas palavras me tocaram. Afagaram meu coração depois de tanto tempo, de tantas coisas... Tentei não pensar no que ficou em Londres. Tínhamos tanto para enfrentar quando voltássemos...

— Não pense em nada — falou, como se lesse seus pensamentos.

Debruçando-se sobre mim, levou uma das mãos até meu cabelo, soltou os grampos que o prendiam e levou a outra ao meu seio, por cima da roupa.

— Não quero pensar — falei, muito mais como um gemido.

— Então não pense. Estou deixando tudo para trás hoje e só quero você. Mas preciso lhe confessar algo antes de seguir adiante.

Ele desceu a outra mão e colocou sobre o outro seio. O carinho era gentil e eu não queria que ele confessasse mais nada. Só queria senti-lo e tocá-lo. Os seus carinhos nos meus seios não ajudavam. Não queria pensar em mais nada.

— Nunca estive com uma mulher antes e não sei se farei da forma correta.

As palavras sinceras me fizeram derreter. Somente Vicenzo poderia confessar isso. Nenhum outro duque poderoso iria se colocar nessa posição. E, se fosse possível, eu o amei ainda mais por isso.

— Existe forma correta para amar alguém? — perguntei.

Ele aproximou seus lábios até encostá-los aos meus.

O DIA EM QUE TE BEIJEI

— Não — sussurrou.

— Então vamos aprender juntos como nos amarmos, porque isso é novo para mim também, milorde, mas o nosso amor é antigo. É o que realmente importa.

As palavras cessaram e ele saboreou meus lábios sem reserva, sem medo, sem culpa, sem nada. Era só amor e desejo.

Tinha tanto a ser dito sem necessidade de nenhuma palavra proferida. O nosso amor era antigo, era vivido, tinha sido muito discutido. Agora ele só precisava ser consumado.

O fogo que sentia no meu corpo marcava minha pele.

Ele desnudou um dos meus mamilos e o abocanhou de forma tão maravilhosa que queria gritar e implorar para que não parasse.

Agarrei seus cabelos e pedi mais. Ele obedeceu, tentando tirar o restante do meu vestido. Senti raiva de como minha costura era perfeita, dificultando o seu trabalho. A vestimenta era apertada, cheia de detalhes, botões e ganchos por todo o lado.

Sua impaciência e a minha não permitiam que ele fizesse com a rapidez de que necessitávamos.

Surpreendentemente, ele tirou do bolso da sua calça a tesoura que eu lhe havia mandado e me pediu permissão com os olhos.

Assenti, e ele cortou com rapidez o vestido que nos separava, partindo aquilo que representava os laços com o passado.

Fiquei nua, exposta para ele. Nunca havia ficado assim diante de um homem, então deveria sentir vergonha, mas não sentia. A ligação que tinha com Vicenzo me fazia sentir tão íntima dele, mesmo isso nunca tendo acontecido.

Seu coração dava pulos e poderia escutá-lo bater.

Senti-o estremecer, sem saber se era de prazer ou medo. Talvez fossem as duas coisas. Eu sabia muito bem como isso poderia ser difícil para ele.

Era tão íntimo ser tocado por alguém, era tão mágico estar diante de alguém que amava, que eu não conseguia imaginar a dor e todos os sentimentos horríveis que ele tinha em memória do passado, uma vez que invadiram sua intimidade sem licença, sem permissão e, principalmente, sem amor. E ele era apenas uma criança!

Tentei apagar as imagens que se formavam na minha cabeça e o encarei, assentindo, dando-lhe coragem, dizendo com o olhar que ficaria tudo bem.

A declaração em silêncio foi o suficiente para que ele se despisse sem tirar os olhos dos meus, como se buscasse a coragem de que precisava.

Ele me beijou novamente, desta vez nossos corpos estavam nus, tocando-se sem nada para impedir o nosso amor. Nossas respirações estavam entrecortadas, nossos gemidos se misturavam, nossos corações batiam ritmados; um colado ao outro, completando-se.

— Não sinto dor — ele falou, afastando-se dos meus lábios por um instante. Parecia que afirmava muito mais para si mesmo. — Só sinto amor e desejo. Obrigado, obrigado, meu amor, por tanto.

Eu que lhe deveria agradecer por estar aqui comigo, por me fazer completa, por me amar. Mas puxei seu pescoço e o beijei novamente, teria tempo mais tarde para as palavras.

Foi como no primeiro dia em que o beijei. Estava tudo aqui ainda, nada se perdeu em todos os anos, a não ser a moça ingênua que ficou em Guildford. Essa que estava aqui queria aproveitar cada instante e de todas as formas. Sorri ao pensar assim.

Era bom não ser uma dama!

Capítulo 31

"Somente uma deusa poderia apagar meu passado e me ajudar a escrever um futuro feliz. Somente uma deusa poderia transformar a dor em desejo. Somente uma deusa poderia curar minhas feridas. Somente Cecília seria capaz de transformar a dor em amor."

(Arredores de Londres, 1804.)

VICENZO

Afastei-me por um instante, só para olhar em seus olhos e pedir permissão para tê-la por inteiro. Ela sorriu. Queria olhá-la para o resto da vida, parar esse momento, porque meu coração ficou completo. Todas as partes unidas novamente, e, desta vez, sem nenhuma rachadura.

Balancei a cabeça, querendo dizer tanta coisa, mas sem conseguir encontrar palavras.

Ela esperava ofegante por mim, então, com todo o controle que eu tentava manter, tomei-a completamente. Tentei deixar o passado para trás, mas o medo de machucá-la me fez paralisar. No mesmo momento, ela jogou a cabeça trás, com os olhos fechados e a expressão de prazer estampada em seu rosto. Foi o suficiente para que todo o medo se dissipasse juntamente ao meu controle.

Mergulhei fundo em um mar de lavandas, querendo ser paciente para que isso nunca terminasse e, ao mesmo tempo, em um ritmo frenético, sem conseguir controlar o desejo que sentia.

Ela gemeu e fui ao encontro da sua boca, fazendo movimentos ritmados das nossas línguas com o nossos corpos.

Uma das suas mãos agarrou meus cabelos e a outra fez movimentos por minhas costas. Foi como se ela colocasse fogo em meu ser, todos os lugares que seus dedos delicados tocavam ardiam de desejo.

— Minha deusa... — sussurrei em seus lábios, então os tomei de novo, querendo mais e mais, um fervor percorrendo meu corpo como se tudo fosse explodir.

Sem se conter, ela se afastou da minha boca e jogou novamente a cabeça para trás. Permiti afastar-me também e busquei apoio em suas mãos porque queria vê-la se perder em meu corpo.

Seu cabelo cacheado estava grudado em seu pescoço pelo suor, sua respiração estava entrecortada e seus lábios, vermelhos de desejo.

As sensações foram se intensificando, embora eu nem soubesse como isso era possível. Sentia-me não caindo em abismo, mas sim voando, como se estivesse indo em direção ao céu.

Eu me mexi mais e mais, e ela me recebeu por inteiro, suas pernas abraçando meu corpo. Fechei os olhos, não aguentando mais tanto desejo, contorcendo-me, buscando um ritmo mais acelerado, indo ao seu encontro. Senti que perdia a consciência, porém, antes que isso acontecesse, dei uma última estocada e ouvi ao longe um grito vindo da sua boca, enquanto me desfazia em seu corpo. Só então me dei conta de que gritava também, espasmos tomando conta do meu corpo.

Quando senti lentamente o cansaço me dominar, deitei ao seu lado e a aninhei em meus braços, recobrando a consciência.

— Machuquei você? — perguntei, preocupado, quando finalmente consegui dizer algo.

— Você seria incapaz de machucar alguém — ela falou baixo, com a voz cansada.

Senti-me o maior homem do mundo porque fui eu que a fizera perder a voz. Senti-me o mais rico de todos porque era nos meus braços que tinha a mulher que amava. Senti-me um gigante, porque lhe dei prazer, e não dor. Um herói, porque ela tremia em meus braços, e não era de medo. Senti-me o mais afortunado, porque tinha o maior tesouro da Terra e ele cabia em meus braços, mas não tinha dinheiro, nobreza ou influência que pudesse comprá-lo.

— Eu te amo de todas as formas, de todas as maneiras, de todos os tamanhos, minha deusa do fogo.

— Vicenzo... — ela gemeu, encostando-se ainda mais ao meu corpo e buscando por mais.

— Você colocou fogo em Guildford, em Londres e no meu coração. E foi a melhor coisa que me aconteceu em toda a vida porque você aqueceu tudo que estava congelado, trouxe luz com fogo para um lugar em que só havia escuridão. Eu a amo por isso, eu a amo por tudo e amo ser seu.

Ela afastou a cabeça e me encarou com seus olhos brilhando.

— Eu que sou sua, completamente sua, Vicenzo.

Emocionada, segurou meu rosto com a mão e o acariciou.

— Creio que o amor seja isto: não se importar de pertencer à outra pessoa, mas, ao mesmo tempo, deixá-la livre para ser o que quiser. Você aceitou Cecília e aceitou Marshala. Não existem homens como você.

— Eu aceitarei qualquer versão sua, desde que me aceite como seu.

— Você sabe tudo que temos para enfrentar quanto chegarmos a Londres, não sabe? — ela questionou, e seu sorriso deu lugar a uma fisionomia preocupada.

Balancei a cabeça.

— Não me importo com nada! Por Deus, não pensei nisso. Se for preciso, escondo-me com você em uma colina, no fim do mundo, em um lugar no qual a maldade não possa encontrá-la.

Deslizei meus dedos por sua nuca, apoiando sua cabeça e trazendo-a até meu peito novamente.

— Eu desejo ser modista, e não poderia fazer isso longe de Londres, mas sei que o melhor para você é se afastar. Muitas coisas serão ditas, Rafael está com sua mãe e seu padrasto e eles vão trazer à tona todo o passado que te atormenta e te faz sofrer. Querem envergonhá-lo por toda a cidade.

— Envergonhado eu ficaria se a tivesse perdido e fugisse como um covarde. Vamos voltar, então enfrentarei o mundo se for preciso, para que você continue fazendo seus vestidos, se é isso que deseja.

— Desejo que você seja feliz também.

— Serei feliz onde você estiver. Contaram-me que tem uma modista que consegue transformar alinhavos em costuras perfeitas. Creio que ela será capaz de alinhavar as tristezas e costurar as alegrias.

Ouvi sua gargalhada e meu coração acelerou com o som.

Ela me empurrou e subiu em cima do meu corpo, fazendo-me delirar de desejo.

— Vejo que aprendeu muito sobre costuras, milorde.

— Minha nossa! — falei, ofegante. Não conseguia pensar muito com ela nua cima de mim. — Tive uma boa professora.

— Vou lhe dar outra aula. Já viu como é o movimento da agulha entrando e saindo de um tecido? — indagou, com malícia.

Seu rosto corou com a pergunta. Ela parecia um anjo. Nunca tinha visto tanta beleza.

— Não lembro. Creio que precisará mostrar na prática — menti, esperando por seu movimento.

Ela começou a se mover devagar e de forma sinuosa. Mexi-me, louco de desejo.

— O tecido não deve se mover enquanto a costura estiver sendo feita. Somente a agulha e as mãos da modista podem se movimentar.

— Hummm, tentarei ser um bom tecido.

Ela deu uma risadinha, então fechou os olhos, gemendo sobre o meu corpo.

Enlouqueci de desejo.

— Creio que não será necessário sempre ter o melhor tecido. Prefiro ser o seu maior erro no momento.

Peguei-a em seus braços e a trouxe para o meu peito, agarrando seu corpo com minhas pernas, nossos corpos latejantes movendo-se sem nos lembrarmos de onde tínhamos partido nem qual rumo tomaríamos.

Não precisava de planos, muito menos me preocupar com futuro, porque o presente, por Deus, era melhor do que todos os meus sonhos juntos.

Poderia explodir Londres e Guildford neste momento. Eu pouco me importava, já que a maior explosão estava aqui. Ela era o fogo ardente que queimava a minha alma e me consumia totalmente.

Capítulo 32

"O mundo se tornou colorido e a vida muito mais alegre. Descobri que posso ver estrelas mesmo à luz do dia. Engraçado, porque nada pode ser mais bonito que ver brilho onde antes era escuro e sem cor.

(Cartas para minha mãe, Londres, 1804.)

MARSHALA

Perdemos a noção do tempo e ficamos no nosso mundo particular por dias, vivendo e revivendo nosso amor. Contamos histórias, compartilhamos nossas vidas dos tempos em que nos ausentamos um do outro, rimos de coisas bobas, compartilhamos comida e nos casamos perante dois criados, um padre e uma árvore. Eu vestia uma musselina simples que pegamos emprestada com a governanta, não tinha luxo, não era minha melhor criação, nem era da cor que eu gostava. Mas nunca me sentira tão feliz.

Os dias passavam e não tocávamos no assunto de voltar a Londres. Eu sabia que, mesmo no silêncio, ele estava preocupado. Teria que enfrentar um duelo. Seria inevitável. Além dos escândalos, eu sabia que encontrar sua mãe era seu maior pesadelo. Mas estávamos felizes, compartilhando sonhos, amando-nos sob as estrelas e embaixo do sol.

Era fácil rir das suas piadas, era simples agradá-lo e era mais fácil ainda amá-lo.

Eu poderia ser eu mesma, aquela Cecília de Guildford simples e irracional, e poderia ser Marshala, firme e decidida. Ele me acolhia em todas as minhas formas.

Em uma manhã qualquer, enquanto tomávamos nosso chá, ele me questionou:

— Não acha que devemos voltar? Não podemos ficar escondidos para o resto da vida. Tenho meus compromissos com o ducado, minhas terras e meu povo para cuidar, e você tem sua loja esperando-a.

Senti meu coração se apertar, sabendo que chegara a hora e, ao mesmo tempo, querendo muito continuar no pedaço de mundo só nosso.

— Sim. É chegada a hora. Acha que está preparado?

— Por que não estaria? Não tenho nada a temer.

Abri um sorriso triste, porque sabia que ele mentia.

— Vai encontrar sua mãe e aquele homem. Isso vai fazer mal a você.

Ele deslizou sua mão sobre a mesa, encontrou a minha e a apertou.

— Não será um encontro agradável, no entanto, não os temo mais, porque agora eles não podem mais me ferir.

— Mas o feriram! Tanto! Como podem estar lá novamente? — perguntei, com lágrimas nos olhos, mas, então, percebi que o maior medo era meu.

Medo que o magoassem novamente, que fizessem algum mal, que ele morresse no duelo.

Ele balançou a cabeça e colheu uma das minhas lágrimas com um beijo.

— Agora sou um homem poderoso e nada vai nos tocar. Eu lhe dou a minha palavra que ninguém vai machucar-me.

Assenti, levantei-me da mesa, fui ao seu encontro e sentei-me em seu colo. Ele me abraçou com carinho, então deixei que todo o receio que vinha guardando por dias saísse e que as lágrimas escorressem livremente.

— Não posso perdê-lo novamente. Entende isso? Como vai enfrentar um duelo se não consegue fazer mal a um inseto? — questionei-o.

Ele se afastou e afagou minha face com a ponta dos dedos.

— Eu lhe dou minha palavra que nunca mais ficar sem mim. Consegue acreditar nisso?

Assenti, limpando as lágrimas, envergonhada.

Ele empurrou as xícaras da mesa e limpou minhas lágrimas com a camisola que eu vestia, possuindo-me ali mesmo, em cima da mesa de madeira, de forma lenta, afirmando que me protegeria, quando, na verdade, eu queria protegê-lo de tudo.

Estendemos por mais dois dias, mesmo não querendo que isso terminasse e que a volta se fizesse inevitável. Vestimos nossas capas e voltamos para Londres, mas, desta vez, na carruagem pomposa que carregava o seu brasão. Agora eu era uma duquesa, mas percebi que isso não importava. Eu queria ser somente a esposa de Vicenzo, isso já me bastava.

Pedi que fôssemos direto para o clube, o *Spret House*, porque lá teríamos apoio e saberíamos exatamente tudo que se passara enquanto estivemos fora.

Uma das moças nos levou até o escritório, assim que chegamos.

Fui recebida pelo abraço caloroso de Nataly, que estava com a barriga grande pela avançada gravidez.

Vi Pietro em seguida, com o sorriso de sempre.

— Achei que só voltariam com a carruagem cheia de filhos — brincou.

— *Chérie*, tenha educação — Nataly o corrigiu.

— Estamos bem, mas confesso que voltei preocupada. Como foi depois da nossa partida? — perguntei, enrugando a testa.

Apertou minha mão. Foi um gesto simples, mas que me encheu de ternura.

— Vejamos — Pietro começou —, você saiu e deixou uma boa encrenca. Um jardim queimado e assunto para todos os bailes da temporada. As mulheres fazem filas na sua loja e creio que não seja só para encomendar vestidos. Elas querem vê-la. Você se tornou um mártir para elas. Já os maridos andam proibindo muitas de se aproximarem de você. Consideram-na uma péssima influência. — Ele abriu os braços. — Se pudesse trabalhar aqui na casa, seria um espetáculo à parte.

— *Mon couer*... — Nataly o repreendeu e caímos na risada.

A forma como ele levava a vida era divertida. Era muito bom estar na companhia de pessoas assim. Minha amiga tinha sorte e ele também, porque ela era uma mulher fabulosa.

Escutei barulhos e vi Helena entrando com George. Ela correu para me abraçar e o marido ficou para trás, sisudo.

— Já era hora! Por Deus, Marshala. Não estou dando conta de tantas encomendas.

Meu coração se encheu de alegria.

— Imaginei que não teríamos mais clientes — falei, com sinceridade.

— Nunca! Os maridos proíbem as esposas, e elas mentem só para vê-la. Todas querem vestidos com combinações de cores como usou no seu casamento. Elas acham que vestidos como aquele vão encorajá-las, farão delas mulheres decididas que poderão passar por cima de tudo como você fez quando fugiu. Todas elas falam mal de você nas fofocas dos bailes, mas, no fundo, almejam ter a sua coragem.

Respirei fundo, aliviada e feliz, porque sempre achei que moda deveria ser muito mais que um vestido. Deveria ser a alma de uma mulher. A forma de dizer ao mundo como cada uma se sentia.

— E Rafael? — perguntei, olhando para George, que me encarava preocupado.

— Já anunciou um duelo. No dia do casamento, gritou em alto e bom tom que ia matar o duque e que tinha provas escandalosas sobre ele. Depois, como fumaça, sumiu. Ninguém mais ouviu falar a seu respeito.

Olhei para Vicenzo, mais preocupada do que nunca. O silêncio de Rafael não era algo bom, mas notei que ele sorria e olhava para Pietro como se fossem cúmplices de algum segredo.

— Encontramos documentos que incriminavam Rafael aqui no clube, muitas falcatruas que fez para conseguir roubar dinheiro de pessoas muito importantes em Londres. Ele fugiu para Guildford, para a residência que conseguiu de Vicenzo depois que o ameaçamos, *chérie* — Nataly disparou.

Abri a boca e fechei várias vezes, sem conseguir dizer nada, nem expressar meu alívio e gratidão.

— Temos algumas dívidas milionárias com o clube para cobrar também — Pietro acrescentou. — Duplicatas que valem muito mais que o castelo que ele roubou de Vicenzo, mas, essa parte — ele parou, passou a mãos sobre os lábios e sorriu —, deixamos para o mais novo casal. Creio que a cobrança feita por Vicenzo será o suficiente para garantir o castelo de volta.

Desta vez não aguentei. Fui até aqueles homens e os abracei com muita força, agradecida por tudo. Nataly veio ao nosso encontro e nos abraçou também.

— Não tenho como lhes pagar por tudo — falei, por fim, afastando-me.

— Não tem que agradecer. Você faz parte deste clube e desta família. Ninguém faz mal a nenhum integrante desta casa — ela falou, com propriedade. Isso soava poderoso em seus lábios, ela tinha esse poder.

Sorri em resposta, pensando nas mulheres que nos tornáramos em um mundo totalmente masculino. As mulheres não tinham voz, poder ou vontade própria. Eram marionetes nas mãos de homens sem caráter e rudes. Entretanto, aqui estávamos nós dominando todos eles não com força, mas sim com muito amor.

Talvez a resposta para um mundo em que cada vez se fala mais de guerra, armas e ódio fosse somente esta: muito amor.

Não consegui conter as lágrimas. Parecia uma boba que chorava por tudo, depois de tanto tempo sem derramá-las.

Helena veio até mim e me abraçou, Nataly fez o mesmo, então ficamos agradecendo em silêncio por nossa amizade.

Éramos, sim, verdadeiras deusas. Não precisávamos ser donas do mundo para isso, somente donas dos nossos destinos e, no caso, dos nossos maridos também!

Capítulo 33

"Não deveríamos fazer planos, porque eles pareciam pequenos e singelos perto da realidade que eu vivia. Eu planejei tantas coisas, fiz esboços de um futuro com você, mas nada se comparava à realidade. Voltar a Guildford sempre esteve nos projetos, mas de braços dados com a mulher que eu amava e com um sorriso nos lábios nem de longe se comparava a tudo que imaginara um dia. Sou o homem mais sortudo do mundo! O mais feliz também!"

(Cartas para Cecília, Guildford, 1804.)

VICENZO

Quando a carruagem começou a desfilar pelas ruas apertadas de Guildford, eu abri as cortinas, o que nunca fiz antes. Sempre andei escondido, solitário e triste. Mas agora eu almejava que todos vissem a felicidade estampada em meu rosto e, principalmente, que o mundo conhecesse a mulher perfeita por quem me apaixonara.

Quando Cecília saiu daqui, anos atrás, as pessoas murmuraram, falaram mal e lhe desejaram coisas horríveis. Agora ela voltara mais forte do que nunca, linda, casada e dona de si. Agora ela era Marshala e eu queria esfregar no rosto das pessoas que a desprezaram outrora.

Ela me olhou com cumplicidade e apertei suas mãos que estavam sobre minha perna.

Retornar era um desafio, para ela e para mim. Cecília reencontraria um mundo que deixou para trás e eu, um pesado passado.

— Quer fazer morada nesta cidade? — perguntei.

— Você deve escolher onde faremos morada... — Ela deu de ombros, com um desconforto.

Claro, um duque deveria escolher tudo que sua mulher faria. Até os passos da duquesa deveriam ser dirigidos por ele. Essa era a regra.

Balancei a cabeça. Ela sabia que eu não era como os outros duques e que não tínhamos regras.

— Qual é o seu desejo? — refiz a pergunta, de forma diferente.

Ela enrubesceu.

— Amo Guildford. Nasci e cresci neste lugar que me traz tantas memórias, mas... — Abaixou o olhar sem me encarar. Parecia com medo ou talvez envergonhada. — Agora tenho minha loja, meus sonhos, tudo em Londres e não desejaria abandoná-los. Entendo e sei perfeitamente que não cabe a uma duquesa trabalhar, que seria uma desonra — ela levantou o olhar, triste —, então abrirei mão de tudo por você, Vicenzo, porque sei que abriu mão de muito para ficar comigo...

Toquei os seus lábios os dedos, silenciando-a.

— Ver você trabalhar nunca será uma desonra. Ver sua arte será meu eterno orgulho. Vamos fazer morada em Londres e passar alguns finais de semana em Guildford para que eu possa resolver os problemas daqui. As pessoas que aqui vivem dependem de mim. Isso se conseguirmos recuperar o castelo.

Fui pego de surpresa por um abraço apertado, cheio de amor.

Beijei sua testa e seguimos em silêncio até o castelo. Cada um com seus próprios receios.

Assim que a carruagem parou, Rafael saiu da casa e, atrás dele, vi minha mãe e aquele homem nojento que tanto me fez mal. Rafael tinha a expressão de ódio na face. Minha mãe sorria segurando as mãos de Marquiel. Parecia que tinha prazer em ver meu sofrimento. Mas não me deixei abater. Não era mais uma criança.

Respirei fundo e desci, ajudando Cecília a descer em seguida.

Ela apertou minhas mãos com tanta força que senti meus dedos formigarem. Olhei e sorri para ela, garantindo que estava tudo bem. Ela afrouxou as mãos, mas não as soltou nem por um instante.

Isso me deu forças para ser o homem que precisava nesse momento.

Andei a passos firmes, encarando-os e mostrando que quem tinha o poder era eu.

Não os cumprimentei, não desejei um bom-dia, apenas estendi os documentos para Rafael.

— Se tiver o dinheiro, esperaremos. Caso contrário, saia do castelo e me devolva o documento de posse.

Sua sobrancelha arqueou e seu olhar foi de espanto.

Ele puxou com força os papéis e começou a folheá-los com fúria, um por um.

— Seu desgraçado — gritou, com ódio, e veio para cima de mim.

Só tive tempo de colocar Cecília para trás, protegendo-a, então recebi um soco que ele desferiu em meu rosto. Não me movi nem um passo sequer. A vida tinha me ensinado a ser forte, só não me ensinara a revidar, mas estava na hora disso mudar.

Dobrei os dedos com força e desferi um soco em Rafael com tanta força que ele caiu para trás.

— Nunca mais chegue perto da minha mulher e das minhas propriedades. Na próxima vez, não será um soco, e sim uma corda em seu pescoço perante a corte, e você sabe que tenho esse poder, seu cretino.

Olhei para trás para procurar Cecília e ver se estava bem, entretanto, não a encontrei. Virei meu olhar e a vi indo para cima de Marquiel com uma tesoura.

Eu deveria intervir, mas não o fiz. Comecei a gargalhar ao ver a cena. Essa era a minha mulher! Minha Cecília ou Marshala. O segundo nome combinava muito mais com ela, com a mulher forte que se tornara.

Ela proferia muitas palavras ilícitas. Minha mãe e Marquiel a olhavam assustados, então, quando achei que nada poderia ficar melhor, ela fechou o punho e deu um soco naquele homem.

Percebi que ela retesou e encolheu a mão. Tinha doído. Ele continuava parado, desta vez me encarando, sabendo que, se reagisse, seria morto por mim.

Eu não precisava dizer mais nada. Todo o discurso que fiz por anos, palavras terríveis que ensaiei e punições eternas para aqueles dois, perdeu o sentido.

Eu não queria perder tempo com pessoas tão insignificantes. Eu só queria tirar Marshala deste lugar e beijá-la. Ela estava linda, corada pela raiva e apertando as mãos com dor. Era a imagem da perfeição.

Eu já tinha tudo, então nada do passado importava.

O DIA EM QUE TE BEIJEI

Já tinha ficado muitos anos preso ao passado.

Fui ao seu encontro e a puxei de volta para a carruagem. Ela se debatia e gritava palavrões que eu não sei onde tinha aprendido. Não eram de uma dama, mas eu sorria orgulhoso.

Rafael continuava caído, creio que não só pelo soco, mas também pelo orgulho perdido.

Fiz sinal para que o cocheiro partisse. Voltaria outro dia, quando todos tivessem ido embora, mas, se fosse necessário, mandaria alguém tirá-los.

Não olhei para trás. Eu queria só vislumbrar o futuro e o meu presente, que estava olhando para mim com raiva por tê-la tirado de lá.

Puxei-a para o meu colo e beijei seus lábios com força. Eles tremiam. Mordisquei-os e aprofundei um beijo que durou por muito tempo.

Finalmente o passado tinha sido deixado de lado e nada daquilo importava mais.

— Você deveria ter me deixado acabar com eles — ela falou, por fim.

Afastei-me e coloquei os cabelos que caíam em seus olhos atrás da orelha.

— Você acha mesmo que eu ia perder tempo quando tenho planos bem melhores para esta tarde?

Ela mordeu os lábios e sorriu com malícia.

— Quais seriam seus planos, milorde?

— Vamos passar a tarde com sua família.

Seus olhos brilharam ainda mais.

— Creio que eles não estejam preparados para receber um duque — ela falou.

— E uma duquesa, acha que eles a receberão?

Ela assentiu.

— Creio que darão um jeito. É só isso que está em seus planos para a tarde?

Balancei a cabeça e me aproximei dos seus lábios novamente.

— Esse é o plano para a tarde. Para agora, tenho outros — sussurrei.

— Quais seriam?

Fechei as cortinas.

— Colocar fogo nesta carruagem.

Ela jogou a cabeça para trás e gargalhou.

— Seu desejo é uma ordem, milorde. Sou muito boa com fogo.

Desta vez, ela quem me beijou, espalhando fogo por todo meu corpo como uma verdadeira deusa.

Epílogo

MARSHALA

Londres, algum tempo depois...

Estávamos todos sentados no bar do clube, menos Pietro, que andava de um lado para o outro, impaciente.

George estava apreciando seu rum, enquanto Helena estava encostada à porta que dava acesso para os quartos tentando ouvir alguma coisa.

Vicenzo me abraçava, enquanto eu tentava me manter calma.

Nataly tinha entrado em trabalho de parto. Como boa amiga, deveria estar ao seu lado, mas não consegui. Estava nervosa demais para isso, ainda mais ao saber que logo seria minha vez. Ainda faltavam seis meses, pelas minhas contas, mas os dias passavam rápido. Alisei minha barriga e acariciei com gratidão a vida que crescia dentro de mim.

Nunca imaginei que ficaria grávida tão rapidamente, mas, como não saímos do quarto por muitos dias, o resultado não poderia ser outro. Tentei conter o sorriso ao pensar nisso.

— É normal demorar tanto? — Pietro perguntou, abrindo os braços.

— Sossegue, homem, já deve estar para nascer. Faz tempo que estão lá, então deve nascer logo. Eu, se fosse você, me preocuparia com outra coisa — George falou, em tom de brincadeira.

— O que deve ser mais importante que me preocupar com o nascimento do meu filho? Enlouqueceu, George? — Pietro falou, nervoso.

Nunca o tinha visto dessa forma. Ele estava sempre sorrindo, brincando...

— Eu estaria torcendo para que um menino saísse daquele quarto. Pode imaginar o que será de nós se nascer mais uma mulher?

Desta vez todos riram.

— Temos um escândalo, uma prostituta e uma mulher que adora colocar fogo nas coisas. O que poderíamos esperar? Tenho Susan em casa que nem sabe falar direito e já manda em mim, eu, um duque, sendo feito de tolo por uma bebê — George completou.

— Vamos torcer por um menino — Vicenzo falou, rindo, e passou a mão por meu ventre.

Escutamos um choro e respiramos aliviados, então saímos correndo em direção ao quarto.

Pietro entrou primeiro, sem conseguir conter as lágrimas. Ajoelhou-se ao lado da mulher na cama, beijou sua testa e pegou o bebê nos braços.

— É uma menina! — gritou. — É uma menina — ele terminou dizendo em meios às lágrimas, orgulho transbordava em seu olhar.

— Minha pequena Gaia, a deusa mais poderosa de todos os deuses — Nataly falou, contando-nos o nome da filha.

— Que Deus nos ajude! — Pietro disse, sorrindo.

Todos nós gargalhamos, porque tínhamos um ao outro, porque poderíamos ser mulheres livres e felizes, porque poderíamos ser as deusas de nossos maridos e donas do mundo todo! Sim, poderíamos ser o que quiséssemos.

Enxuguei uma lágrima que rolou. Mas ela era de pura gratidão.

AGRADECIMENTOS

Eu amo escrever os agradecimentos, gostaria de deixar isso claro! Muitas pessoas nunca leem esta parte de um livro, na verdade, a maioria, no entanto, eu leio sempre, em todos os livros. Isso me dá certa intimidade com o autor. Você pode rir disso, mas é como me sinto. É a mais pura verdade! Parece que estou sentada na sala com ele ou ela contando-me como foi o processo de escrita e sobre as pessoas que foram importantes durante o decurso.

Amo escrever agradecimentos também porque, quando chega a hora descrevê-los, eu sei que realmente terminei o livro.

Não tem nada mais gratificante que terminar de escrever um livro. Saber que de alguma forma você deixou sua mensagem e sua marca no mundo, mesmo que pequena, mas eterna.

Livros são eternos!

Bom, parando de enrolação com você que faz parte desta pequena parcela de malucos que leem agradecimentos como eu, vamos lá!

Primeiramente e sempre, eu agradeço a Deus por me dar vida, saúde e oportunidade para a concretização deste sonho que é ser escritora. Eu escrevo meus sonhos e Ele os realiza!

Aos meus pais, meu irmão e minha cunhada (irmã), Priscila. Eu os amo tanto! Acho que vocês já devem estar cansados de saber, mas sempre vou repetir.

Ao meu amor da vida, meu marido e meu amigo, obrigada por sempre estar aqui. Mesmo não entendendo nada desse universo, você sempre está ajudando em tudo.

À minha editora, The Gift Box, minha casa editorial, que mais do que nunca demonstrou o quanto me considera, dando-me o espaço que eu precisava para minha maternidade e acolhendo-me de volta. Obrigada, Ro, você é família e família é amor.

À minha grande amiga, Cristina Melo, por me apoiar à distância e oferecer sua ajuda sempre, mesmo quando nada poderia ser feito. Eu te amo, amiga! Você é uma escritora brilhante e o mundo precisa conhecê-la. Lembre-se sempre de que sou sua maior torcedora!

Às minhas betas, Bel e Anne. Só posso dizer que tem que ter muita paciência para ser beta minha, e isso vocês têm de sobra. Obrigada.

Antes de terminar nosso bate-papo, devo dizer também que nunca estive tão realizada. Agora sou mãe. Mas isso é outra história, não é? Na verdade, estou só justificando minha ausência e querendo deixar claro que o amor que agora transborda em meu coração de mãe vocês vão sentir nas páginas que escrevo.

Por último, só mais um recado: sejam deusas, donas de si, lutadoras e sonhadoras. O meu desejo, desde o início dessa série, sempre foi mostrar como podemos ser fortes mesmo com tantas adversidades. Não deixem nada nem ninguém escolher por vocês ou tirar os seus sonhos.

A The Gift Box é uma editora brasileira, com publicações de autores nacionais e estrangeiros, que surgiu no mercado em janeiro de 2018. Nossos livros estão sempre entre os mais vendidos da Amazon e já receberam diversos destaques em blogs literários e na própria Amazon.

Somos uma empresa jovem, cheia de energia e paixão pela literatura de romance e queremos incentivar cada vez mais a leitura e o crescimento de nossos autores e parceiros.

Acompanhe a The Gift Box nas redes sociais para ficar por dentro de todas as novidades.

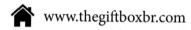 www.thegiftboxbr.com

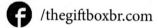 /thegiftboxbr.com

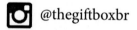 @thegiftboxbr

 @GiftBoxEditora